KB271882

타이피스트 시인선 013

밤의 공항

이원석

타이피스트

타이피스트

시인의 말
— J에게

벚꽃이 지는 거리를 차로 달리며
꽃 봐 저기 저기
햇빛에 모가지가 떨어지는 죽음을 뿌리치며
꽃 좀 봐
나는 안타까워서 여러 번 소리쳤다
죽었는지 살았는지
아팠는지 마음이 부서졌는지
그렇게 아파서 스러지고야 마는지
뒷좌석에서 힘없이 눈을 감고 기울어져 있던 네가
잠시 고개를 들어 꽃을 보아 줄 때
얼마나 안심했는지
얼마나 두려웠는지
내 모가지를 꺾어 너에게 달아 주고 싶던
봄

2026년 3월
이원석

차례

1부 세계를 밤과 너, 둘로 나누고

1부 세계를 밤과 너, 둘로 나누고

3부 미안해 솔직하지 못한 내가

1부

세계를 밤과 너, 둘로 나누고

순찰 기록

멀리서 들린다
작은 돌 하나가 떨어지는 소리
하지만 그게 순찰의 이유는 아니야
그건 그저
엔트로피가 증가하는 방향으로 일상이 조금
무너지는 소리지
무질서의 방향으로 질서를 찾아가는 것

밤이 되어서야 철제 침대에서 몸을 일으킨다
할아버지가 누워 있던 일인용 침대
손잡이를 돌리면 상단부를 세울 수 있다
삐걱이는 소리가 들린다
아무리 돌려도 구원할 수 없는 자리보전의 각도
음식물이 폐로 넘어가 폐렴이 진행될 수 있으니
꼭 식사는 앉아서 하도록 해야 합니다

사인은 폐렴입니다

이런 생각이 나는 것은 내가 걷고 있기 때문이다

걷는다는 것은 삶을 진행시키는 것이다
가만히 있어도 흐르는 시간을 두 다리로 천천히
되밟는 것이다

문을 열면 여러 개의 문이 있는 긴 복도가 나온다
그중에 하나의 문을 열면 또다시 문이 나온다
목에 걸린 보안카드를 인식기에 가져다 대면 문이 열
린다
모든 것이 무너진 공항에서도 하나의 인식이 유지된다
모든 설정은 하나의 인식으로 자리보전 중이다

너는 잣나무로 너를 위하여 방주를 짓되
그 안에 간들을 막고 역청을 안팎으로 칠하라
그 방주의 제도는 이러하니
장이 삼백 규빗이요 광이 오십 규빗이요 고가 삼십 규
빗이며
거기에 창을 내되 위에서부터 한 규빗에 내고
그 문은 방 측에 내고 상중하 삼 층으로 할지니라。

머리맡의 나무 선반 위에서
끝에 작은 너트 하나가 박힌
쇠막대를 꺼낸다 순찰을 함께하는 나의 친구

나무 선반은
600mm 길이의 나무판자가 L자형 브래킷으로 벽에 고
정되어 있다

L자형 브래킷은
평철로 제작되어 두툼하고 묵직한 멋이 있으며
오리지널 철의 색상을 유지하기 위해
투명 분체를 도장하였습니다
강철 자재의 자연스러움을 드러내기 위해
절단 절곡 작업으로 생긴 자국들이 있습니다

선반의 나무판자는
미국산 올드 오크
100년 이상 된 미국 내 오래된 목조 건축물을
해체하고 나온 목재들을 수입하였습니다

목재 하나하나가 서부 시대부터 대공황에 이르기까지

미국의 근대 역사를 담고 있습니다

벌목에 대한 관련 법규가 없던 시절

300년 이상 된 오크 원목을 잘라 집을 지었고

100년의 시간 동안 영하 30도에서 영상 30도까지

눈 비 바람을 맞으며 자연 건조되어

견디고 해체되는 과정에서 나온 작은 판자들입니다

400년 동안의 시간

옹이 못 구멍 작은 크랙은 고재 선반의 특징으로

이로 인한 반품 교환은 불가합니다

미국 내 오래된 건축물의 고갈로 10년 후에는 더 이상

채취가 불가함에 희소성이 높아집니다

고재 선반 판매 가격 (해외 운송비 미포함)

600mm − $66.66

800mm − $78.51

1000mm − $90.39

너는 철제 강관으로 너를 위하여 막대 하나를 짓되

그 끝에 파이프 너트를 잠그고 테이프를 겉에 감으라
그 막대의 규격은 이러하니 장이 일 규빗이요 고가 일 인치이며
거기에 손과 인연을 위하여
절연테이프를 두르되 5mm 간격으로 되감아서
손에서 미끄러지지 않게 할지니라

이렇게 아파서 어떻게 살아
어떻게 살아 이렇게°°

이북에서 내려와 이남에 박제된 박희숙 할머니(94)는
조롱 속의 무녀처럼 작아졌습니다°°°
골다공증으로 텅 비어 버린 척추가 내려앉아
열두 번째 흉추 안에 시멘트를 채우는 시술을 했습니다
척추압박골절은 100년 가까이 된 고재 인류의 특징이므로
이로 인한 반품은 불가합니다
남한 내 이북 인류의 고갈로 10년 후에는 더 이상
생존이 불가함에 그리움이 높아집니다

>

이런 생각에 잠기는 것은 내가 순찰 중이기 때문이다
순찰은 삶을 되감는 것이다
가만히 있어도 흐르는 시간을 두 다리로 천천히
되밟는 것이다

설정에 집착하는 것은
이 섬 전체가 하나의 작은 생각 위에 지어졌기 때문
이다
다른 자아가 개입할 여지가 없기 때문에
물어볼 사람도 도움을 구할 존재도 없고
모든 걸 스스로 설정해야 한다

미처 설정하지 못한 문을 열면 흰 벽이 나오고
한 발자국도 더 나아갈 수 없다
여기가 삶이 아니라는 것을 인정하면
돌아가야 한다 폰트가 깨지기 시작한다

흰 벽을 그대로 두고

문의 이음새가 될 가는 선을 그린다
문을 열고 마주한 흰 벽은 사실
숨겨진 또 다른 통로
손잡이 없는 벽을 누르면
걸쇠가 풀리며 문이 열리게 설계되어 있다

흰 벽 뒤로 문이 열리면
깜빡이며 천천히 불이 들어온다
긴 복도와 여러 개의 문이 보인다
오늘은 확인하지 않는다
이곳의 순찰은 조금 미뤄 두어도 좋다
첫 번째 문에 <기대>라는 표찰이 붙어 있다
되돌아 나오며 기대의 목록들을 되짚어 본다
기대는 꺼내자마자 상할 수 있기에
당분간은 닫아 두어야 한다
체념이라는 난간을 설치해야 한다

그날은 캠핑 준비에 들떠 있었어 오래 소식 없던
네가 함께 가기로 했으니까

배낭 위에 인디언 담요를 올리고

챙이 넓은 모자를 뒤로 넘겨 목에 걸었지

카우보이 셔츠가 어울릴 거라고 생각했어

웨스턴 부츠에는 말이야

사람들이 그렇게 많은 줄은 몰랐어

모닥불 옆에서 춤을 춰야 했는데

사람들은 모두 턱시도를 입고 나를 바라보았지

네가 무안할까 봐 끝까지 춤을 췄어

사람들이 왈츠를 시작할 때

조용히 빠져나왔지

샹들리에가 화려한 홀을 뒤로하고

숲속을 뛰어갔지

오두막에 돌아와 손목을 봤는데 팔찌가 사라지고 없었어

매듭은 끊어지게 마련이니까

어떤 나무가 300년을 살았다

어느 날 사람들이 와서 나무의 둥치에 손을 올리고 말
했다

쉬어 가도 되겠어

담요를 깔고 기대어 앉아 땀이 식기를 기다린다
간단한 점심을 먹자 여기서
나무는 손을 뻗어 그늘을 만든다
뿌리 위에 검은 흙과 붉은 흙
검은 흙과 붉은 흙 위에 담요
담요의 문양은 기억의 경로를 나타낸다
사막의 눈물을 마름모 안에 넣어 두자
지그재그로 반복되는 선이 번개처럼 새겨지고 굽이치
는 물이 되어
네 개의 신성한 산 주위를 감싼다
뿌리 위에 붉은 흙과 검은 흙
흙을 덮은 사막과 번개와 네 개의 산
산 위에 앉아 있는 너와 너 아닌 사람들
담요 위에 놓인 간단한 식사 빵과 달걀 그리고 이야기
여기까지 오는 데 오랜 시간이 걸렸다
길이 만들어질 때까지 기다려 길을 나서고
산이 만들어질 때까지 기다려 산을 넘었다
물이 모자라면 서로의 눈물을 모았다

나무를 눈여겨보던 남자가 다시 돌아와
나무를 자른다 켜켜이 톱질을 해서
해체한다 조각 조각 나누어 가져간다
집은 목수의 문양이다 문양에 따라 형태를 갖춘다
판자가 되어 판자와 함께 비를 맞는다
빗물은 아래로 흐른다
아래 판자는 위 판자 아래서
위 판자는 그 위 판자 아래서 비를 피한다
그 모든 내가 나를 지킨다 조각으로 나뉜 내가 나처럼
문이 되어 외벽과 함께 오래 서 있다

친구에게 들었어요
나무엔 함수율이라는 것이 있다는군요
가질 수 있는 만큼의 수분을 함유하게 되면
더 이상 물이 들어오지 않아요
슬픔도 가질 만큼 가진 나무는 더 이상 슬프지 않다는
군요
하지만 슬픔이 마를 때까지 기다리려면
슬픔을 가진 시간만큼 기다려야 한다는군요

>

나무 선반 위에서 쇠막대를 내린다

° 창세기 6:14–16.
°° 생전 박희숙 할머니의 전언.
°°° 『엔딩과 랜딩』, 「Long Walk」 Chapter 2.

쇠막대의 규격

물에 가라앉는 것이 필요해
손에 쥘 수 있는 마음 같은 것
쇠로 만든 막대 같은 것
두드리면 울리고 손에서 놓으면 가라앉는 것
내려다보면 일렁이는 바다
바닥을 바라고 가라앉기 위해
파도를 버리고 내려가는 위안

무거움을 얻고 싶다
아래로 아주 깊이 가라앉고 싶지만
이 세계에 무거운 것은 두 가지
죽음과 사랑뿐이다
출렁이는 정의도 일어서는 함성도
때 없이 변하는 물 위의 깃털처럼 떠돈다
사랑 가까이에 죽음 가까이에 갈수록
둘은 구분할 수 없이 엉겨 붙는다
사랑은 이루어지지 않음으로 무게를 얻고
죽음은 이루어짐으로 무게를 얻는다
투쟁처럼 감내하는 침전

도망처럼 내려가는 침몰

약삭빠르게 바닥을 차고 오르지 않는

진흙처럼 엎드린 인내

아무리 불러도 고개 들지 않는 마음의 문양으로

더 아래의 속인이 되어

격렬하게 파묻힌 마지막 건반으로

용광의 눈물이 되어 굳은

철괴의 손가락을

쥐고 걷는다

닻의 손을 잡은

끊어진 사슬의 휴식처럼

기초공사

날이 좋은 날 공사를 시작하는 게
이 바닥의 상식이지
하지만 비 오는 날이 어울려
아무것도 없는 돌무더기 위에 터를 잡고
쇠락한 공항을 짓기엔 말이야
교차로를 지나는 차량들처럼 모여든 사람들과
서로 부딪혀 부서진 차들을 구경하기 위해 모인 사람들
피 흘리기를 주저하지 않는 사람과
그 사람을 응원하기 위해 모인 사람들을 일일이 설득해서
돌려보낸다
운전석에서 간신히 나와 소리친다
이제 그만 피를 흘리겠어요
그러니 모두 돌아가 주세요
기념품으로 파편들을 모아 놓았으니
한 조각씩 가지고 떠나 주세요
더 달릴 수 있지 않겠냐고 어깨를 두드려 주는 친구도
내가 괜찮을 때까지 기다려 주겠다던 친구도
눈을 감고 마주 오던 사람도
보조석에 허락 없이 앉으려던 사람도

이젠 고개를 저으며 삼삼오오 떠나간다
빈 병이 쓰러진 탁자에 엎드려 있었지
손님이 모두 떠나고
먼 자리부터 불이 꺼지고
하나 남은 배려마저 캄캄해질 때까지
기다리다가
일어난다 비가 오는
아무것도 없는 돌무더기 위에 서서
바닥돌 하나를 골라
반듯하게 놓아 본다 쇠락한 공항을 세우기엔
비 오는 날이 제격이지
보시기에 좋았더라 울기에 좋았더라
우는 모습을 감추고 숨어들기에 좋았더라
아무도 눈치채지 못하게 살아남기에 좋았더라
전자식 관찰소가 아니라 부서진 돌과 콘크리트로
정밀한 기록들을 각각의 위치와 방향에 맞추어
세워 놓기에 좋았더라
아무것도 아니기에 좋았다

Night Island
— 해상 매립

다리 끝

바다 한가운데

갈 때마다 돌을 버리고 온다

어떤 날은 마음이 무너져 내리면서

무거운 돌덩이들이 아주 오래 떨어지는 소리가 들린다

바닥에 닿을 때까지 한참을 기다리고 서 있다

나의 형태가 궤적을 만든다

물속을 비선형으로 비행한다

바닥으로 맴돌며 떨어지는 것일지라도

슬픔의 문양을 따라 결국 침전하고야 마는 부유물처럼

얼굴을 가리고 내려간다

눈물은 떨구는 것이 아니라

추락의 행로에 남겨 두는 것

밤이 끝나고

진짜 밤도 끝나고

진짜 마음도 더 이상 휘젓지 못해

천천히 굳어 갈 때

그걸 떼어내 물속에 놓아줄 때

그건 헤엄쳐 제 살길을 살아가는 걸까
남김없이 가라앉는 걸까
어떤 날은 바람이 불고 폭풍이 치고
파도가 일어서 내 멱살을 쥐고 진실을 요구하기 시작하면
모든 결함을 인정하도록 설득하기 시작하면
쓰지 않으면 사라질 모든 것을 붙잡아 두려고
눈이 퇴화된 심해의 돌들이 입을 벌려
소리 지르기 시작한다
가라앉기 시작하는 순간은
모래 한 알만으로도 충분하다고

진짜 진짜 하지 마 로이
너한테 진짜라는 게 있어?

이곳을 만들기 위해 오래 준비했어
사람들이 모두 떠나갈 때까지 기다렸어
여러 차례 무너뜨렸어
사람들이 쓰러뜨리지 못하게
먼저 바닥에 쓰러졌어

버려둘 때까지
움직이지 않는다

물속에서 물기를 잃는다
종소리가 울릴 때까지
새가 울 때까지
손을 거둘 때까지
기대받지도 않고
기대하지도 않고 살아가는 법을 터득했지
인생에 타인을 빼면 불행할 것도 없지
외로움만큼 상처받지 않는 일도 없지
더 깊은 바다에 가야
더 오래 떨어질 수 있지

Night shift
— 야간 근무

모든 불행은 나의 가족이다

커다랗고 못생긴 마음은 수치스러운 것이 아니다

기울어서 바닥에 모두 쏟아져 버린다 해도

주워 담을 사람이 없어 이리저리 쓸려 다녀도

피아노의 낮은음을 반복해서 누르다 보면

더없이 가라앉게 되지 고요하게

물속처럼 외이를 닫고 더 아래로

두드리는 나무 건반 소리와 함께

이젠 내가 띄우는 유리병 따위엔 관심 없겠지

물에 불려 라벨을 제거하고

햇빛에 말려 둔다

책상 위에 두고 하루의 사연을 꼬박꼬박 담아

가로로 한 번 세로로 한 번

서로의 표정이 서로에 묻어나게

천천히 열어 보도록

햇빛은 투명한 내부를 한 바퀴 돌아

다시 눈이 감기도록

>

좋았던 것을 손꼽아 보지도 않겠지
손톱을 물어뜯으며 되감는 것들이
모두 덮어 버리겠지
흑과 백이 상쇄되어 투명해질 수는 없지
뒤섞이며 회색으로 훼손되어
다시는 기쁨만을 추출해 낼 수는 없겠지
너의 손이 검은색이다 지워지지 않는다
내 손에서 묻은 불행에 물이 들어
내내 아프게 했다

코르크에 꼭 눌리어 밀봉된 공기도 잉크도
해류를 따라 먼 밤을 떠돌다가
찾아가게 되더라도
어느 사구에 기대어 흐려지더라도

기대에 부응하지 못해서 미안해
주머니에 손을 꽂고 고개 숙이고
그저 돌아갈 수밖에 없었어

야간 근무가 끝나고 나오면
나트륨등 아래서
너의 눈동자가 흔들리는 걸 봤어
원하던 게 이런 건 아니었겠지
손 놓고 모든 것이 훼손되는 걸
바라보기만 했지 어리석게도
수초처럼
물 아래 수초처럼 눈을 감고
천천히
흔들린다

모든 불행을 불러들였어

Night Airport
— 밤의 공항

세계는 점점 무너져 내리고

공항의 귀퉁이는 기억처럼 조금씩 닳아져서

너의 행로대로 도는 밤의 순찰도

차츰 추적하기 어려운 경로로 사라지고

결국 두 평짜리 내 방만 한

공항 출국장 입구의 대리석 몇 조각만이

내가 가진 기억 속에 남을지라도

푸른색 블록으로 바다를 만든다

인내심을 갖고 하나하나 끼워 갈수록

바다는 파랗고 커다랗다

파란 조각은 뭐든지 가져다 쏟아 놓는다

물결치게 몰아치게

솟아올랐다가도 부서지게

하나하나의 격정도 멀리서 보면 평범한 일이게

그 아래 모든 걸 쓸어 넣는다

빨갛고 노랗게 맺히거나

검고 무디게 가라앉아도

하얗게 떠오르다 조각조각 부서지더라도

파랑 안에 모두 잠겨 잠들게

한 번에 되지 않으면 여러 번으로

여러 번으로 안 되면 더 여러 번

밀려오는 모든 것으로 차오르는 모든 것으로

반복은 우리 세계의 가장 신실한 종교야

경건은 두려움을 덮는 가장 절박한 방식의 외피야

둥글고 긴 마음들을 모아 교각을 만들자

한곳을 가리키는 손가락처럼

방향 지시등처럼 켜진 나트륨등의 긴 행렬을 따라

바다 한가운데 남겨 둔

내가 도망친 거대한 무더기

폐허가 된 밤의 공항 조립식 무덤까지

Night flight
— 야간 비행

밤 비행이 그래
두터운 담요로 창을 가리듯
새어 나오는 희망을 체념으로 눌러두고
고요하고 무거운 심정으로
출발하는 것
때로는
본격적이기까지 오랜 시간이 걸리기도 하지
밤 비행이,
너를 유일하게 떠오르게 하는 비행이 그래
아주 작은 스위치 하나까지 신경 써야 하지
의자의 위치도
손에 닿는 곳의 편람도
섬세하게 매만진 공간에 홀로 남겨지는 것
그리고 떠올리는 거야 거대한 기억의 동체가
천천히 고개를 들 때까지
짙은 안개와 어두운 공기를 가르고
후회와 자책의 구렁텅이에 처박힐 때까지
반복해서 미련을 물고 떠오르는 거지
불행으로부터 도망쳐

그게 나일지라도

분노의 프로펠러가 미친 듯이 돌아간다

옴짝달싹하지 못하는 항로에서 벗어나기 위해

곡예 비행하듯 간절하게 살아왔다

이번엔 침착하게 기수를 잡아

이런 밤을 여러 번 겪었으므로

공중에서는

하늘과 바다를 구분하기 어려울 때가 있어

솟구치려다 떨어지고야 말지

욕망하는 바다는 바닥이고

두려워하지 않아 그게 내 본성이니까

동이 트기 전에 비행을 끝내자구

Night shift
— 밤의 공항

야간 경비대

내가 망쳐 놓은 것들

폐쇄 구역 E

좁은 통로와 닫힌 문

나트륨등

Fishmans

누구를 위해서가 아니고
그저 살아왔을 텐데

오랜만에 공항에 돌아왔다
세계가 무너졌을 때
우리가 곳곳을 떠돌 때
갈 수 있는 모든 곳에 먹이를 찾아

헤맬 때
바다 위 긴 철골을 하나 하나 짚으며
손가락 마디처럼 순서를 밝히며
건너왔지
아무도 떠나지 못하게
안으로 무너져 버린 공항에서
무엇을 위해 그렇게 간절하게 버텼던 걸까
무너지기 전에 이미 떠난 사람이 있다면
떠나지 못하는 건 단 한 사람뿐인데

역순으로 천천히
걸어 보자
이해하지 못한 구간에서는 몇 번이고 다시
반복해 보자 어차피 매일 밤 이곳을 돌며
꼼꼼히 단속해 볼 테니까

야간 경비대

내가 한 말의 고리대금

>

네가 오래 좋아한 목소리

주황빛 거리의 불 꺼진 창

나도 마찬가지야

너 때문에

사람을 찔렀어
찌른 거나 마찬가지야 걱정할 거 없어
이 구역엔 패스트푸드점이 하나 있었고
파란 점퍼를 입은 네가 손을 흔든다
커다란 캐리어는 불안만큼 부풀어 있다
내가 다가가기도 전에 종적을 감춘다
다 그럴 줄 알았다는 듯이
막대로 난간을 두드리며 지나가는 밤의 순찰

그곳에 몇 번이고 갔다

발끝으로 난간을 차며 오래 기다렸다

가버릴 줄은 몰랐다

멀리서 지켜볼 수밖에 없었다

마지막으로 도망치는 네가

영영 사라질 때까지 손을 흔든다

Nightmare
— 밤의 환영

흑백의 강과 안개

잔물결같이 반짝이는 음악

밤의 고통과 기쁨 속에 있는 당신이라면

알 것 같았어 닿지 않는

이다지도 달콤한 밤의 칼날

치즈를 파고드는 스푼의 끝처럼

사랑이란 이런 것입니다

날이 점점 뜨거워진다

밤은 이런 것이 아니다

밤의 볼펜으로 문장을 내려 적는다

문장과 문장 사이로 전선처럼 이어지는 길이 있다

피아노선처럼 가늘게 닿아도 흐르는 곳으로

잠시 산책을 하러 간다

골목과 어둠과 골목의 틈을 걷는

잉크가 더위에 녹아 흐른다

앞주머니에 꽂아 둔 볼펜은 검은 얼룩을

심장 근처에 커다랗게 남긴다

앞섶을 모두 적시고 물들어

지워지지 않을 것이다
지워지지 않는 것은 버려진다
반대로
버려지지 않는다면 지워야 한다

밤의 얼룩이 다섯 손가락으로
여섯 손가락으로 일곱 손가락으로
가슴을 쥐어짜는 힘으로 파고들어
놓지 않고 제 길로 가버린다
어두운 골목 갈래 길 사이로 멀리 뛰어간다

노란 전등 아래
흑백의 강과 안개
추적추적 비 내리는 밤
분별없이 흔들리는 고개
알 것 같았던 밤과 너
편들지 못했던 아름다운 너의 망상
사랑이란 이런 것이 아니었습니다

Night Train

― 공항 철도

내가 급하게 구조 신호를 보냈을 때

네가 보내 준 음악은 Undercurrent

먼지가 쌓인 합판을 긁는 잡음 속에서

유리잔이 흔들리는 소리가 들렸다

역설적이게도

밤의 전철은 하얗게 태우듯 밝아

땅 밑을 낮게 흐르는 철로를 타고

전송해 준 음악을 이어폰으로 들으며

물속에 빠뜨린 네 눈알처럼 흐리게

이리저리 흘러 다녔다

승객들은 서로를 쳐다보지 않고도 오래 함께 간다

각자의 꿈이 각자의 것이듯

각자의 고통 또한 골고루 나누어 가졌을 뿐

함께 할 수도 덜어 줄 수도 없다

각자의 발밑과 각자의 바닥을 내려다보고 있다

혹은 각자의 지옥

그러다 고개를 들어 보면 모두 사라져 있다

언제까지고 이렇게 살 순 없다
불안하던 유리잔이 쓰러진다
무거운 잔은 무거운 소리를 낸다
한번 내려오면
지상이 낮인지 밤인지조차 알 수 없어서
속도에 맞춰 떠내려갈 뿐
다시는 떠오를 수 없다

하나 하나 떠올려 봐요
가사가 없는 노래 아래로 흐르는 것은 무엇인가요
세계를 밤과 너, 둘로 나누고
한쪽으로 침잠하는 방법을 고안했어
너를 찾을 수 없는 세계에 너를 만들고
흘러 다니는 삶을 찾아냈어

모두가 환한 빛 속을 걸어도
몇몇은 높은 곳에 들어 올려져 말라 가고
또 몇은 아래로 아래로 흐르다 흐려진다
눈코 뜰 새 없는 하루를 지나

눈 뜨지 못할 현실을 마주하고는
눈알을 물에 빠뜨린다
눈이 젖는다

잔을 거꾸로 매달면 종이 되었다
우리도 거꾸로 매달려 운다
오래 마음에 남을 소리가 났다
밤과 너,
세계를 둘로 나누고
흘러 다녔다

Night Drift
— 밤의 혼란

생각처럼 정리되질 않아

방은 혼란을 겪고 있어

입지 않은 옷과 입었던 옷

빨아야 할 옷과 더 입어야 할 옷

버려야 할 옷과 망설이는 옷

소매 안쪽 깃에 네 이름을 쓴 파란 후드와

주황색 초록색 짝으로 나누어 가진

아디다스 맨투맨 티셔츠

미련과 변명의 무더기들

더 이상 꽂지 못하고 쌓아 둔 책들

읽어야 할 책과 읽다 만 책들

내가 산 책과 선물 받은 책들

네가 돌려주지 않은 책과

네 방에서 몰래 가져온 책

즐겨 입었던 옷만큼이나 버리기 힘든 게 책이지

자다가 불을 켜지 않고 화장실을 가려다

발에 걸려 책 무더기를 무너뜨리면

돌아올 때는 밟게 마련이지

기대지 않으면 무너지고 싶지

도대체 어떻게 시간을 내야 하는 거야
독서에도 세탁에도 청소에도
금세 찾아오는 시간은 또 다른 것에 할애해야 할
명찰을 붙이고 줄을 서 있지
내가 지불해야 할 것들이
내일만큼이나 빠르게 돌아오지
다음 설거지는 청소보다 빠르게 돌아오지
너무 외로워서 사랑인 줄 알면 어떡하지
사랑해서 다시 외로워지면 어떡하지

알람은 버릇없이 잠을 깨워
좋아하는 음악을 알람으로 설정하면
일어나는 것이 좋을 줄 알았지만
좋아하던 음악이 싫어지는 거야
몇 곡은 그래서 다시 듣지 않는 거야
내가 아니어도 가질 수 있는 기쁨이라면
거기엔 나도 참여하지 않는 거야

출근길에 음악이 없으면
도무지 살기가 싫어지는 거야

나는 어디에 있지
감각이 사라지면 감정도 사라지는 걸까
때론 사무치게 절절하다가
이내 아무렇지도 않고
세탁도 청소도 그게 마음이어도
도대체 어떻게 시간을 견뎌야 하는 거야
잠은 내가 원하는 게 아니야

Night eye
— 공항 경계등

밤은 오로지 외눈으로 지켜봅니다
그대와 전력 질주를 못해 미안합니다
지치는 순간을 탓하는 게 아니라
전력으로 달려 보지도 못하고 마음을 무너뜨리는
부끄러움 말입니다

부하가 되지 않고도 사랑할 수 있습니까
미움받지 않고
이른 아침이나 늦은 밤이나
뜻대로 구르다 일어나 밥을 먹습니다
오늘도 같은 생각 중입니다
그날로 돌아갈까요 원색의 슬픔과 함께
빛바랜 기쁨도 반납할까요
모든 감정을 올려 둔 소반을 들고 뛰다가
짐짓 넘어진 척 쓰러져 울까요
그릇처럼 나동그라진 마음은 다시 주워 담을 수 있습니까

함께 경주를 마치지 못해 미안합니다
밤의 눈은 아침에도 경계등처럼 떠 있습니다

감을 수 없어 잠들지 않는 마음입니다

사랑이랑 분간이 어려울 땐 사랑이라고 생각합니다

죽음이랑 구별할 수 없는 삶이

죽음이나 마찬가지인 것처럼요

누구의 부하도 되지 않고

어떻게 사랑할 수 있습니까

교차 시각

사로잡히는 한순간
붉은 물감이 쏟아져 붓끝의 실선을 따라나선다
네가 보고 있는 것은
너의 눈알이 비추는 길
나는 눈을 감고
붉은 융단에 싸인 너의 눈을 높이 들고
날줄과 씨줄 사이로 비치는 숲을
걷는다
콘크리트와 철골의 무더기를 지나
부서진 새들이 가로누운 공터를 지나
갈 수 없었던 긴 소로를 상상하며
걷는다
손가락들이 기울어 등 뒤는 천천히 닫힌다
아무는 시간은 각 관절의 의지
내가 보고 있는 것은
풍화하는 벽과 문과 복도로 이어지는
하나의 점이자 원
천천히 회전하는 세계의 통로
외로움의 반대말은 촉각

네가 눈을 감는 순간 어두워지고
다시 밝아지는 공간을 따라
걷는다
멀리서
전송되는 선의의 눈물을 따라
걷는다
천천히 발음되는 발걸음 따라
회수할 수 없는 마음을 가두고
외투의 깃으로 얼굴을 가리고

돌아올 때는 내 눈을 뜨고
너의 눈알을
주머니에 넣고

곧 공항이 폐쇄됩니다

다시 비가 내린다
엎드린 자는 등을 부릅뜬다
바닥에서 해구를 발견하기 전까지는
그곳이 바닥인 줄 안다
해구 아래로 가려면 바닥의 모든 것을 다시 버려야
한다
떠오를 수 있는 사람들은 떠나는 게 좋다
배가 가라앉을 때 분주히 떠오르는 희망처럼
미안해요 이럴 생각은 아니었어요
구조물의 난간을 쇠막대로 하나씩 두드리며 걷는다
소리는 어두운 복도를 먼저 나선다
빛을 쫓는 경종이 차례차례 적막의 발치를 넓힌다
다시 만나요 당신을 부력 할 믿음을
당신 가방에 넣어 둘게요
손을 놓아주어야지 줄을 풀어요
실망의 그물을 던져서
모든 기대의 살림을 끌어내세요
내 허리엔 애써 모은 과책의 중량이
회항을 만류합니다

공항이 안으로 무너지기 전에

미처 돌아보지 못한 곳을 다시 살피러 가야 합니다

모든 문을 열어 보고 올게요

여기서 기다리지 말고 우선은

여기서 기다리지 말고 우선은

여기서 기다리지 말고 우선은

Night Bus

― 심야 버스

밤은 물방울로 창을 가로지른다

심야 버스는 묵음으로 달린다

각자의 귀는 각자의 침묵과 음악으로 젖는다

오늘 있었던 일은 당분간 잊기로 한다

당신의 이름은 폭력적으로 지워졌다

하지만 나는 생각처럼 고통스럽지 않다

개선되지 않는 피로에

완전히 잠겨 있는 이유다

너의 투쟁도 나를 일으키지 못한다

그건 밤 때문일지도 모른다

창을 보며

한 가지 음악을 반복해서 들을 것인가

몇 가지 전체를 반복할 것인가가

이 밤의 주요 고민이다

살아가는 것이

고통을 받으며 나아가기엔 지나치게 길고

부질없는 마음을 바둥대기에는 너무 짧다

창을 따라

검은 능선은 집요하게 따라붙는다

도시와 도시는 그 사이의 삶을 쉽게 잊는다
어둠 속에서 빠르게 지나칠 뿐이다

Night sleep
— 밤잠

한 시

이전에

자기로 결심하고

일곱 시간 자기로 결심하고

오늘은 빅웨이브 딱 한 잔만 먹고

두 시에 자기로 다시 결심하고

애플뮤직 플레이리스트를 열어 놓고 울다가

담배는 끊었지만 이거 한 갑만

이번 한 번만 더 피자고 생각하고 술을 바꿔

녹색 병에 위스키

안주 없이 마시면 독한 술은 살이 안 찐다고

한 잔만 더 마시고

빨래 돌아가는 거 기다렸다가 널고 잔다고

한 잔 더 마시고

홀수로 자면 피로가 잘 풀리니까

다섯 시간 자면 충분하다고

생각하다가 내일은 출근이지만

세 시간도 홀수 법칙°에 따라 괜찮고

세 시 반까지는 여유가 있다

이틀만 버티면 휴일이고

내일은 출근이지만

딱 한 잔이면 되는 허기가

자꾸

채워지지 않아서

° 한 네티즌은 사람의 수면 시간이 홀수여야 피로가 더 잘 풀린다고 주장
했다.

Night Drive
― 야간 운전

얼굴은 밝아졌다 흐려졌다 다시 빛으로 점점이
얼룩진다
점멸하는 불빛 사이로 가속하는 밤
공기엔
한 방울씩 새어 나오는 불안의 냄새가 섞여 있다
불을 붙이면 그대로 타오를 거야
마치 누군가가 내 가슴뼈를 두드리는 것 같아
참을 수 없어 두 주먹으로 보닛을 두드리며 울던
너처럼

소리 지르며
아니 소리 지르듯 연주하는 음악을 들으며
길거리로 뛰쳐나가고 싶었어
대체로 우리에겐 함께 고통받을 사람이 없으니까
기뻐하겠다는 사람은 많겠지만
어둠에 근친한 것은 타고나는 일이야
큰 노력 없이도
사람들의 얼굴이 빛으로 물드는 것처럼

거의 다 빠져나왔다고 거짓말을 했지만
여전히 관으로 된 긴 유리 터널 속을 질주한다
결국엔
몇 바퀴 만에 제자리로 돌아올 걸 알면서도
잘못된 희망을 바라고 출발선에 웅크리는 게
내가 버리지 못한 결함

빠른 속도로 움직이는 물체와 함께한다는 건
위안이지
세계를 종료하는 핸들을 손에 쥐고
이질적인 현재에서 벗어나는 느낌이랄까
해조차 뜨지 않았으면 하고 바라다가
어느 한구석에선
햇살 아래서 상처가 아물고 식물을 키우고
천천히 걷는 사람이 있어야지
하고
빛의 사람들을 용서한다

Night call
— 심야 통화

들어 줄래?
오래 걸리진 않아

내가 어떻게 느끼는지 말하고 싶어서
너에게 전화를 하고 있어

무언가 결심이 설 때면
너에게 말하고 싶어져
하지만 그럴 땐 언제나 밤이고
난 통화를 하고 싶지만
넌 자고 있을 테지

누구든 통화하고 싶어서
너에게 전화한 거지만
너와 통화하고 싶어서
누구든 상관없어진 거야

내일이면 할 수 없는 이야기들을
오늘 밤에 할 거야

내일이면 쉐보레 임팔라를 타고
캘리포니아를 달리고 있을지도 모르니까

밤은 너무 고요하고 아무도 보이지 않아
길은 비워진 채로 어둡게 늘어져 있어
술은 우리를 좀먹을 거야
속이 텅 빌 때까지 파먹겠지

조용하게 뒷걸음질 쳐 나오던 때
주차장에서 쇳소리가 크게 울렸어
마지막의 마지막이라고 생각했지만
넌 잡힐 때까지 멈추지 못할 거라고 말했지

잠을 못 자고 흘러 다닐 땐 머리가 너무 무거워

어딘지 말하기는 어려워
아주 멀지 않은 곳에 있을게
도로가 점점 물러진다
마치 쿠션 위를 달리는 것 같아 이럴 땐

단박에 죽을 수도 있다고 생각했어
결심이 선 날이면 너에게 전화를 해
신호음을 들으며
난 너에게 말해

들어 줄래
오래 걸리진 않을 거야

2부

고장 나기 직전인 나를 붙들고

나, 맥도날드맨

먹는 것이 그 사람을 말한다
돈 있는 사람은 소고기를 먹고
풀뿌리 민주주의가 풀을 먹듯
마이 프렌드는 프랜차이즈를 즐기고
나는 맥도날드맨

전 세계 어디나
친구처럼 침략하는 자본의 맛
공장식 축산으로 빡세게 합숙하다가
효율적으로 단명한 소가
저민 살을 다져서 내어 주는
풍미 가득한 미국식 너비아니

동물복지와 도축 산업 고민을 따라가기엔
몸땡이 굴려 일한 후에 고기가 너무 땡긴다
소처럼 일하고 소처럼 허기져
소를 먹어야 힘이 나는 소시민

먹는다는 것은 정치적 행위다

내가 무엇을 먹느냐는 곧

내가 어떤 세상을 원하는가를 말하는 것이다

내가 원하는 세상은 자연과 하나 되거나 둘이 되거나

지밖에 모르는 인류와

지구 환경을 구하고 싶지도 않고

지긋지긋하게 따라붙는 돈 귀신에게서 도망치거나

속된 사랑의 웅덩이에 영혼까지 잠기기를

잠시 바라기도 했지만

이제는

모든 유해를 제거한 순도 높은 상층도 아니고

지옥 불 위에서 종종걸음 치는 바닥도 아닌

인류 살림살이 가운데 토막

중간 어디쯤에서 입에 풀칠이나 할 수 있는 세상에서

바닥 같지만

지하 10층 20층을 생각하면 중간일 테니까

순응도 희생도 저항도 없이 살아남고 싶어

많은 걸 바라지도 않아 하루 두 끼면 충분하고

계란이나 실컷 먹었으면 싶고

겨울에 뜨거운 커피 여름에 시원한 커피 담배나 피고
하지만 그게 아니어도 좋고
그저 먹는다 그저 그런 삶으로 태어나
무얼 원할 겨를도 없이 쓸어 넣게 되지
그게 밑 빠진 허기니까 쓸개도 창자도 없이
허기를 채우기에 급급한 삶

인위적인 것
생태계를 파괴하고 자연의 고리를 끊는 것
농약과 화학비료, 유전자 변형 곡식과 오염을 피해
내 손으로 기른 유기농 채소를 먹기엔
돈도 시간도 정성도 없는 막돼먹은 뱃속

요즘은 트랜스 지방이 트렌드지
하루 수십 번 수백 번 감자를 튀겨 낸 기름
아크릴아마이드 발암물질 탄화수소
프렌치프라이 GMO 감자
기름에 튀겨서 입어 넣는다
입의 기름을 닦고 잘 먹었다

패스트하게 먹고
패스트하게 일하러 간다
슬로우하게 푸드 할 시간이 없다

희망이고 전망이고 개나 주라지
난 절망을 겨우 비껴 난
허망에 자리 잡았어
단순하고 자족적인 삶을 꿈꾸며
복잡하고 소모적인 세상에서
죽음을 집어삼키는 게
어리석어 보일 수도 있지만

우린 다 알고 사랑하는 거야

업무 외 일지

이렇게 지독한 마음을 네가 만들었어

컨테이너에 돌아와
렌치가 달린 팔을 분리해 놓으면
선반에 놓인 팔이 가려웠다
세척이 필요한 부품도 있었지만 그러고 싶지 않았다
불을 켜지 않고 오래 앉아 있어도 상관없었다
그러고 싶지 않았다

네가 떠난 후
내 안의 회로를 분해해 보기 시작했어
오차 없이 정밀하게 작동하도록 설계되었는데
톱니는 톱니와 꼭 맞물려
빈틈없이 돌아가고 있었는데
작은 쐐기가 톱니 사이에 떨어진 걸까

B1이 멈추면 D3가 멈추고
D3가 멈추면 F4도 멈추기 마련
네가 멈추면 모두 멈추는 것

애초에 마련해 둔 기능이 아니었는데도

고장 나기 직전까지 나를 붙들고
놓아주지 않던 사람과
고장 나기 직전인 나를 붙들고
놓지 않아 준 사람
감사하다는 말을 너무 많이 한 날에는
아무에게도 감사하지 않았다

생각지도 않게
결합된 합금의 표면이 가려웠다
금속과 금속이 함께 용융되지 못했나 보다
부품과 부품 사이에
꼬챙이를 넣어 긁고 싶다고
사람이나 다름없는 이야기를 했다
사람도 아니라는 이야기를 들었지만
그럴 때면 꼭 사람 같은 기분이 들었다
가끔은 사람이었으면 했다
둘러보면 사람이 아무도 없었다

사람도 사람 같지 않았다

가기로 한 도시에는 가지 못했다
분수에 맞지 않은 행동을 하다 사람들의 미움을 샀다
눈을 마주치면 손이 올라왔다
고개를 들지 않도록 프로그램을 수정했다

업무 외 일지
— 마지막으로 수정한 시간 AM 03:22

처음 산성비가 내리던 날
외부에서 열두 시간 동안 근무를 서던 듀이가 서서히
녹아내리며
작동을 멈추었을 때
지하 터널에 케이블을 설치하던 내게
사측에선 연락을 하지 않았다

우리는 같은 보관소에서 늘 함께 지냈다
같이 산다는 건
서로의 못쓰게 된 부분을 받아들이는 것
내가 비번일 때는 듀이는
수리가 필요한 자신의 왼팔 대신
아직 작동하는 내 팔을 끼우고 나갔다
듀이가 놓고 간 팔을 끼우고 몇 군데 수리점을 돌아봤
지만
살 수 있는 부품이 없었다

그날 이후
산성비가 오래 내렸다

싸구려 부품은 쉽게 녹아서

방호 코팅이 없는 동료들은 밖에 나가지 못했다

보관소에 오래 갇혀 있으면

연산에 오류가 생기거나 녹이 슬었다

작업 목적이 없이도 밖에 나가야 한다는 것을

사람들은 쉽게 이해하지 못했다

방호 코팅을 받으려면 비용 지불을 위해

밖에서 오래 일을 해야 하고

밖에서 오래 일을 하면 부품이 녹았다

사람을 만나면

사람 같지 않은 것들, 우리는

그런 욕을 했다

꿈의 기록장

화면이 녹아내립니다
녹화 기록이 반복해서 재생됩니다
새벽에 컨테이너 앞을 한 남자가 서성입니다
멈췄다 다시 움직이고 문손잡이를 쥐었다 놓습니다
경고등이 들어왔다가 꺼지고 다시 들어옵니다
고용주가 와서 경고등 스위치를 내리고 갑니다
비위를 맞추다라는 말을 이해하려고 애를 씁니다
애를 쓰다에서 애의 위치는 어디입니까
제조 시의 성격은
업무의 강도에 따라 조금씩 비뚤어집니다
충분히 배터리를 충전하기 위해서는
비싼 대가를 치러야 합니다
사람들은 개나 고양이
애착을 가진 물건에도 이름을 붙이지만
우리에겐 번호를 매기거나
"그것들"이라고 부릅니다

나를 로이라고 부르던 사람이
나를 때렸습니다

물의 도시

도시가 물에 잠겼다

아침에 눈을 뜨자

이미 방 안은 물로 가득 차 있었다

그럼에도 출근해야 한다

속옷을 갈아입고 새 바지를 꺼내고

단색의 티셔츠에 머리를 넣는다

물속은 편안하고 고요하구나

천천히 문을 열고 나서면

밖의 물과 안의 물은 자리를 바꾸며 나를 밀어낸다

길은 물에 잠겨 있다 다리가 무겁게 교차한다

허우적댈 필요는 없다

그건 물에서 나가려는 사람들이 갖는 마음

그저 흐름에 맞춰 걸으면 오히려 몸은 편안하지 않은가

사람들은 물속을 흘러간다

지하철 입구로 기포도 없이 가라앉는다

터널은 물에 잠겨 있다

열차 안의 사람들은 수초처럼 앉아 있다

우는 사람들이 있었지만

다른 사람들이 눈치채지 못하게

물속에 눈물을 더할 뿐이다
물에서 건져지지 않게 조심해야 한다
물에서 나가면
굉음과 함께 열차의 흔들림과 소란
사람들의 욕설과 비난 되돌아가고 싶은 두려움
붙잡아야 할 난간과 추락
몸부림치며 살고 싶어지는 마음이 시작될 뿐이다
물속의 고막처럼 고요히
젖어 있어서 젖지 않는 마음으로
물속의 방으로 돌아올 때까지
흘러가야 한다

우리들의 리스트°
— 인천 민족민주노동열사 희생자 합동추모제 낭독 시

1953년에 1962년에 1964년에 1966년에 1967년에 1970년
에 1971년에

서울 상도동에서
경상남도 고성에서
전라남도 신안군에서
전라북도 부안군에서
충청남도 태안군에서
강원도 강릉에서 홍천에서
경기도 수원에서
대구에서
부산에서
제주도에서
인천에서 태어나

프레스공으로 입사하여
용접공으로 남동공단에서
인천 부평구 청천동 삼화실업에서
동양 레미콘 인천공장에 입사하여

인천 삼표레미콘에 입사하여

대우자동차에 입사해서

부평 강국택시에서

삼익악기에, 영창악기에 입사하여

경동산업에 아람전기[00]에 입사하여

동흥전기에서 해고되어

범민족대회를 진행하던 중 체포되어 2년여를 구속되어

전국교직원노동조합 결성 관련 해직되어

용역 깡패에게 무차별 폭행을 당하고

부평공단과 주변 봉제공장에서 노동조합 결성을 위해

유령 노조가 있던 회사에 노조를 결성해

승리할 때까지 투쟁을 전개해

진흥요업에서 작업 중 화공약품에 의식을 잃고 반신불수가 되어

자주와 평화통일에 복무하다가

철탑 망루를 설치해 고공농성을

동료들을 지원하기 위해 성당마다 노동청년회 조직을 만들고

노동자문화제 행사 준비하던 중에

노조 일정을 마치고 새벽 귀가 중에
안전장치 없는 프레스 기계에
인천연합 총무와 평화협정운동 인천본부에서 활동하며
산재중앙병원에서 산재 없는 세상을 염원하며

부평구 산곡1동 자취방에서
인천산업재활원 7층에서
회사 차고지에서
서울대병원으로 이송되어
한강성심병원에서
신촌세브란스병원에서
아암도 앞바다에서
부평구 원적산에서
인천 주안4동에서 노조 관련 상담을 마치고 귀가하다가
중증 장애인의 처절한 삶을 알리고자 경인전철 1호선
간석역에서

1987년 7월 24일에
1988년 10월 22일에

1989년 10월 29일에

1993년 10월 26일에

1995년 11월 28일에

2001년 9월 5일에

2002년 4월 2일에

2003년 11월 10일에

2006년 5월 11일에

2007년 10월 27일에

2010년 10월 26일에

2014년 12월 1일에

2018년 12월 26일에

57세에 54세에 42세에 40세에 38세에 33세에 28세에
25세에 20세에 18세에

심장마비로
폐결핵으로 간암으로 뇌수막염으로
작업 현장에서 바다로 실족하여
투신하여

분신하여
교통사고로
불의의 조난 사고로
대공분실에 불법 연행되어 고문을 당하고
부당 해고에 항의해 단식농성 중에
둔기에 턱을 맞고 의문의 피살을 당해
경찰의 포위망을 뚫고 외부로 탈출하던 중
차량에 시너를 끼얹고
눈을 부릅뜬 상태로

병원 측은 오염된 작업 환경은 무시한 채 빈혈로 쓰러졌다고
회사 측은 고혈압으로 쓰러졌다며 사건을 은폐해
가족을 협박해
산재 처리해 줄 테니 어떤 법적 책임도 묻지 말라며 각서를 쓰게 강요한 뒤
팔과 두 손은 밧줄에 묶여
얼굴과 뒷머리, 양쪽 어깨와 팔에
구타에 의한 사망으로 추정된다

경찰에 의해 외부와 단절되고 음식물 반입이 차단되자
공권력이 강제로 시신을 탈취하여
민주화 운동과 관련하여 사망한 것은 인정되나
공권력의 위법한 행사로 인해 사망했다고는 인정할 수
는 없다
의문사진상규명위원회의 조사 결과 인천 5·3 민주화운
동 직후 공작 대상으로 선정돼 간첩 혐의로 연행되고
위법한 공권력에 의해 사망했다고 보인다

57세에 54세에 42세에 40세에 38세에 33세에 28세에
25세에 20세에 18세에

"어려운 때 가게 되어 미안해요.
용기를 잃지 말고 항상 즐겁게 지내세요." 라는 유언을
남기고

° 이 시는 인천의 민족·민주·노동 열사를 추모하는 『인천 투데이』 신문 기사의 발췌, 편집만으로 작성되었다.

°° 추모제가 끝나고 뒤풀이 자리에서, 시 낭독을 잘 들었다는 한 노동자 시인이 술잔을 놓고 내게 말했다. "아람전기는요?" 그는 젊은 시절 아람전기에서 노동운동을 하며 갖은 고초를 겪었다고 했다. 그가 잠시 후 다시 말했다. "아람전기는요?" 나는 시를 고치겠다고 약속했다.

드리운 이야기
— 한국옵티칼하이테크 470일 고공농성에 부쳐°

봄꽃을 놓치지 마세요

금오산에 벚꽃이 좋다고 다들 얘기해요

작은 절에 가서 초 하나를 올리고 싶어요

기적을 바라는 게 아니라 마음을 모으고 싶어서요

사실은 거기까지 가는 봄 길을

천천히 걷고 싶어서요

마음을 꺾으려고 저리들 강팍하게 구는 걸까요

하루하루를 세면

백 일을 네 번이나 다시 세고도

몇십 번이나 더 손꼽아야 하는 날들이

봄꽃 속에서도 눈꽃 속에서도 지나갔어요

불 때문이었을까요

우리가 함께 일할 수 없게 된 건

돈 때문이었을까요

살다 보면 법보다 불의보다

돈에 짓눌리는 게 숨 막혀 고개를 듭니다

자맥질 같은 노동 속에서도

밤이 되면 사위가 잠잠해지고
우린 바로 옆도 지켜 주지 못할 만큼 외로워져요
내려다보면 멀리 무관하게 빛나는 불빛들
사람이 작아지고 희망도 절망도 작게 보여요
다 사라지고 나면 내가 보여요

무엇을 믿어야 할까요
갑자기 사라진 일터 십오 년을 하루같이 오가던
그 길을 다시 걷고 싶어서요
내가 틀리지 않았다는 믿음만으로 견딜 수 있나요
일하는 사람의 수천 수백 날과 시간이
쉽게 쓰이고 쉽게 버려져도 되나요
이윤이 마음을 밟고 저만치 혼자 가도 되나요

봄이 아무 말 없이 지나가도
꽃이 수없이 피었다 져도
질 수 없는 마음이 그 길을 천천히 걷고 있습니다

° 일본 닛토덴코의 자회사인 한국옵티칼하이테크는 2003년 구미산업공단에 입주하여 이십 년간 파격적인 국고 지원을 받았으나, 2022년 공장 화재 후 고용 대책 없이 폐업을 강행했다. 이에 노동자들은 물량을 넘겨받은 평택 공장으로의 고용 승계를 요구하며 600일에 달하는 고공농성을 벌였다.

이고 있는 이야기
— 세종호텔 복직 투쟁 115일 고공농성에 부쳐°

사람들은 머리 위를 궁금해하지 않아요
하루 종일 걸어도
하늘 한번 보지 못할 때가 많지요
그래서 외롭기도 해요
저렇게 나를 두고 오가는 사람들
붙잡고 하나하나 말 걸고 싶어요

저기요,
저기 보이는 호텔에서 20년을 일했어요

밤새 시퍼렇게 불을 밝히고 차가 오간다
시퍼렇게 뜬눈으로 나도 뒤척인다
아직 시퍼렇게 살아 있다

밥으로 먹고사는 일도 막히고
법으로 싸우는 일도 막히고
벽으로 사방이 막힌 삶을 살아 보았느냐
허공에 매달리지 않고는
방법이 없어

뜬장 위에
스스로를 뉘어서야 목소리가 들리는
개 같은 현실, 개 같은 놈의 세상
사람들아 내가 여기 있다
유기된 노동권이, 유폐된 인권이
여기 이렇게 날것으로 드러나 있잖은가

개 같은 삶을 받들어
다시 인간다운 삶으로 바꾸기 위해
뜬장에 누워
차 소리 바람 소리
사람들 출근하고 퇴근하는 소리 속에서
목소리 내고 있지 않느냐
그저 일하고 싶다고
함께 일하고 함께 노조 하고 싶다고
노조 한다고 잘리고 내쫓기고
허공에 매달리고 싶지 않다고

우리가 희망을 믿어도 끝까지는 믿지 말자

하지만 절망도 끝까지는 하지 말자

이제껏 이고 살아온 세상

까짓것 이기고 돌아가자

◦ 세종호텔 부당 해고자로 고공농성 중이던 고진수 민주노총 세종호텔지
부 지부장은 336일(2025. 2. 13.~2026. 1. 14.)의 고공농성을 마치고 내려왔으
며 해고 노동자들은 세종호텔 로비에서 새로운 점거 농성을 이어가기 시
작했다.

자소서

회신을 기다리는 동안 꿈을 꾸었습니다
미처 준비를 마치기도 전에 모두가 기다리고 있는
그런 꿈이었습니다
사람들이 모여 회의를 하고 일을 나누고
분주하게 돌아가는 공간에서
내가 들어서자 모두 반가워하며
내게 이런저런 일들을 맡겼습니다
이미 알고 있어야 하는 일과
처리되었어야 하는 일들을 체크하며
기대를 부려 놓는 사람들 속에서
실망시키지 않기 위해 애를 썼습니다
절박이 가라앉아 두려움이 되고
두려움이 다시 부끄러움이 될 때까지
문지르고 매만져 윤이 나는 마음을
등 뒤에 숨기고 뛰어다녔습니다
오랜 경험으로 눈이 밝은 사람들은
등 뒤에 감춘 것이 무엇인지 금방 알아보았습니다
실수는 세 번 이상 용인되지 않았습니다
네 번째 마음은 그렇게 오랫동안 개봉되지 않았습니다

누구에게나 각자의 이야기

나는 달려간다
나는 좋은 사람이 아니야

닭이 모이를 쪼고 호박이 넝쿨지던 농장을 그새 지나
뒤돌아보면 고하지 못한 다정이 붙잡지 못해 서러운
막다른 골목의 움막 같은 거처와 막연한 안식을 뛰쳐나와

해적왕이 될 거야
누군가에게 물들었다고 생각하는 너를 뒤로한 채
나는 대장장이였지
대장이 되고 싶진 않았지
두드리고 두드려서 치밀해지는 쇠를
치밀하다 못해 집요해지고
집요하다 못해 지나치게 되는
뜨겁게 달아올랐다가 쉽게 꺼지고
더 차가울수록 단단해지는 쇠를 만지고 싶었지
빛이 날 때까지 물을 뿌리고
숫돌에 문지르면서

너와 나는 격이 없어

나는 수레로 상자를 날랐지
상자를 가득 실은 배는 사람들도 싣고 날았지
그렇다고 덩달아 날고 싶지는 않았지
모두가 버려두고 돌보지 않는 마당을
쓰는 사람
쓰러지지는 않고
고개 숙여 울다가
아무리 쳐도 울리지 않는 커다란 구리종을 흔들어
소식을 기다리는 사람의 고개를 들게 하고 싶었지

나는 낮의 수고로 끓어오른 마음을 적시러 상처투성이
나무 테이블 앞에서 술잔을 들어 올리는 사람들로 가득
찬 낯선 주점에서 대걸레로 마루를 훔치는
종이었지
밤마다
두드리지도 않은 마음이 꽝꽝 울렸지

장식으로 쌓아 올린 책 더미의 먼지를 털고
테이블과 테이블 사이를 쏘다녔지
낮은 휘파람 소리를 입에 물고 바닥에서 고개를 숙였지
말뚝에도 절을 하고 밧줄에도 사과하고 구두코에 감사
의 인사를 전했지
흰 수염 건장한 두목이 포장지를 두른 사람들과 노래
하다가 술잔을 던지면
깨진 유리 조각에 한 닢씩 금화를 주웠지
원하기론

너와 나는 유격이 없어

강한 압력으로 맞닿아 있는 두 개의 금속 직육면체 사
이에는 유격이 없어서 어떠한 물질도 틈입할 수 없다
그렇다면 그 두 금속은 하나라고 생각해도 무방하다 강
하게 열을 전도하고 강하게 결속한다
단, 압력이 없어지면
흔적 없이 분리된다
원래는 전혀 하나가 아니었으므로

하나가 아니었기에 강한 압력으로 바라건만

하나가 아니다

압력은

한쪽에서만 밀면 반대로 밀려 나가고

양쪽에서 밀어야 밀착된다

떨어질 땐 단면에 요철도 슬픔도 없이 떨어진다

솟아오를 때마다

아주 높은 곳에서 비행하는 이가

부딪히지 않도록 부수지 않도록

불을 밝혀

고개를 숙여

당신을 내 존재의

기록 보존자로 지정합니다 그러니

당신은 살아야겠습니다

당신이 거절하여 내 존재의 기록을 무화시킬 수는 있겠

습니다마는

당신이 목격하도록 행로를 당신 방향으로 열어 두는 까

맑은

나는 이제 네 편이 아니라
생각해 보고 맞다고 생각하는 쪽으로 기울 수 있게 되
었어

한번 모두 무너진 지구 사막의 모랫길을 폭주하는
무뢰배가 될 거야
같은 구름은 없다 같은 구름은 없다 같은 구름은 없다

그래서
아아 나는 해적왕이 되어
마스트 아래로 펄럭이는 깃발과 함께 나부끼며 용머리
끝에 발을 올리고
양피지에 휘갈긴 시를 읽는다
돌아갈 곳이 없구나
날아갈 마음도 되짚을 추억도 없이
저기 약속한 땅과 다름없는
전혀 다른 곳에 서서

다시
앞으로 옆으로 엉뚱한 곳으로 발을 내딛는다

무두질 속에서 길이 들어
치대면서 든다던 정조차 들지 않아
인생이 송두리째 껍질 벗겨진 갖바치로 살다가 손이 닳
도록 문지르다가
해적왕이 될 거야

당신이 내내 내 불행을 지켜보는 게
마음 쓰여서

3부

미안해 솔직하지 못한 내가

약속

부둣가에 앉아 기다린다

기계수°가 쳐들어온다고 했다

모든 멸망이 그렇듯

해가 지기 전 노을은 그래서 아름답다

아무리 말해 봐야 김 박사는 듣지 않는다

이번엔 소용없다고 몇 번을 말했지만

그럼에도 불구하고 우린 매번 승리했다고

웃으며 손을 흔들어 줬다

승리 같은 건 없다

모두가 불행에서 벗어나려고

애를 쓸 뿐이다

김 박사는

방어막이 작동하는 연구소 안에서

발을 구르며 안타까워한다 빨간 버튼을 누르면

가슴에서 레이저 광선이 나간다고

지금이라고

주먹을 불끈 쥔다

넌 로켓 주먹을 가지고 싶어 했다

네게 쏘고 나서 몇 번이나 돌려받았다
돌려주는 건 이번뿐이라고
내게 늘 하는 말을 했다
네가 보고 싶은 날엔 지금도
허공에 문득 로켓 주먹을 날린다
인조인간 로봇
내가 할 줄 아는 게 그것뿐이라서

오늘은 연구소에 돌아가지 말아야지
물가에 앉아 로켓 주먹을 만지작거리며
기계수 기계수 발음해 본다
네가 오는 저녁은
아름다운 촉수와 함께 멸망으로 물들어
노을보다 붉게 타오르겠지

° 기계수(機械獸): 주인공 로봇과 대립하는 괴수 로봇.

로우랜드

로우랜드에 가자
우린 진작에 그러기로 했지
누군가 모두 망치려 한다고
아직 몇 곳에 남은 술 저장고가 있어
그중에 하나를 지키러 가는 거야
평생 술을 한 가지 종류만 마실 수 있다면 넌 어떤 술을
선택할래
우리는 먼 나라의 술을 지키러 떠나기로 했다

잭다니엘 저장고를 급습하자
마지막 날에 미국에 가고 싶지는 않아
그럼 어디?

로우랜드

그런데 로우랜드는 어디에 있는 거야?
언제 세상이 망하는지도 모른 채 그런 약속을 한다
스코틀랜드 남부에 있대
멋지다

왠지 바다가 내려다보이는 절벽 위 무너진 성벽 근처에
지하로 내려가는 토굴 입구가 있을 것 같아

맥주만 마시는 건 좀 그래
추운 날 밤에 눈을 털고 들어와서 찬 맥주를 마시는 건
좀 그렇잖아
그래 그런 날엔 데운 정종으로 속을 덥히거나
위스키 스트레이트가 낫겠지
하지만 여름날 매트에서
그랜비 롤° 백 개를 끝내고 나와서 마시는 맥주 한잔은
어떡해
그러게
우리는 쉽게 결론을 내지는 못하였다

그런데 스코틀랜드까지 어떻게 가지?
배를 타고?
거기까지 배를 타고 간다면
미처 도착하기도 전에 술들이 모두 증발해 버릴걸
그럼 어떻게 해

비행기를 타야지

항공사도 다 망하지 않았을까

지구가 멸망할 때 보면 꼭 그런 사람이 있더라구

HAM 라디오를 수신하면서 경비행기를 모는 괴짜 말이야

그 사람에게 위스키 몇 병을 약속하고 비행기를 얻어

타자

고작 위스키 몇 병으로 괜찮을까

무슨 소리, 그때는 위스키가 금보다 귀할 거야

중간에 몇 번이나 기름이 떨어질 거라고 생각했지만

나는 그 얘기를 꺼내지는 않았다

같이 가기로 해

네가 같이 가주었으면 해

또 약속을 하자고 조르는 내게

선선히 웃으며 그러자고 얘기를 해주었던

너는 종말을 믿지는 않았지만

어떻게든 지구를 망하게 할 수만 있다면 우리는

스코틀랜드에 같이 갈 수 있을 거야

° 레슬링 기술.

마법 소년

전화도 할 수 없는 밤이 오면°
완드를 두 바퀴 돌리고
당신을 떠올리며
찾아오세요 말하고
보라색 빛무리가 당신을 감싸며
당신은 내게 옵니다
울고 웃고 놀다가 당신이 가려 할 때
완드를 두 바퀴 돌리고
가지 마세요 하면
당신은 새 빛이 되어 나를 반깁니다
내게 기쁨을 주세요 희망을 주세요
변하지 않는 믿음을 주세요
무던히도 나는 완드를 돌렸더랬습니다
어느 날 완드를 들었을 때 당신은 얼굴빛을 바꾸며
자신이 나중에 이 순간을 기억할 수 있냐고 물었습니다
언제나 새로 새 빛인 당신이 물었을 때
미안해 솔직하지 못한 내가°
뒷걸음질을 쳤고
그 길로 떠난 당신이 돌아오지 않아도

완드를 돌려 부를 수 없어졌습니다

완드를 두 바퀴 돌리고

보라색 빛이 나를 감싸고

나는 새로 새 빛을 띄며 당신에게 갑니다

° 만화영화 세일러문 주제곡 가사.

썬더 A

거기서 시작해 볼까

어릴 적 문구점 한쪽 벽에 빼곡히 들어차 있던
프라모델 상자들이 각자의 색깔로 하나의 벽돌이 되어
대성당의 스테인드글라스처럼 아름다웠다고 한다면

아이는 까치발을 들고 손가락으로 가리킨다
이국에서 온 로봇 기동전사 초합금 변신 로봇
조립식 우주천왕 혹성전사 모두 지나쳐
한구석의 작은 상자 내가 가질 수 있는 소박한 썬더 A

화석을 발굴해 내듯 작은 조각을 하나씩 떼어 내
순서에 맞춰 조립해 나간다
나의 디오라마가 완성될 때까지
1/72 세계가 축소되어 상자 안에서 재조립된다
이곳에서 그는 팔을 잃었어
떨어진 팔에는 끝까지 쥐고 있던 빔 라이플
조종사마저
쓰러진 로봇을 두고 탈출한다

머릿속의 조종간은 주인을 잃은 채

마지막 동작을 위해 기울어져 있다

우주 악당 기계수는 도시의 가장 높은 건물을 뜯어내

쓰러진 그의 몸 위로 던져 버렸다

속된 사랑은 그렇게 종국에는 서로를 찌르는 것

서로를 악당으로 규정하고 무찌르는 것

조종사가 떠난 로봇은 캄캄해진 눈으로

멀리 해가 지는 하늘 끝을 보고 있다

모조품일 수밖에 없는 싸구려 우주 전사

지키려던 지구도 파괴되고 지구 방위군도 떠나고

원치 않은 평화의 구경거리가 되어

책꽂이 위로 치워진 상자 속 결말

I'm you

— True Detective°

우울한 형사가 나오는 미드를 본다

1화가 끝나면 2화를 보고 2화가 끝나면 3화를 본다

시즌 1이 끝나면 시즌 2를 시즌 2가 끝나면 시즌 3으로

넘어간다

끝없이 이어지는 이 형사물 미국 드라마의 장점은

하고 싶은 모든 말을 찾아낼 수 있다는 것이다

쓰러지고 싶을 때 쓰러지거나

망가지고 싶을 때 망가지는 건 물론이고

다시 살고 싶을 때는 기회를 준다 이번 멸망은

아무것도 아니라는 듯이

진실에 다가가며 천천히 뽑아 겨누는 총구처럼

떨리는 목소리로 중얼거린다

내 얼굴을 다시 볼 날이 있다고 했지?

불행을 모르는 작가가 제멋대로 꾸며 놓은

함정에서 끝없이 애를 쓰는 주인공처럼

잠이 오지 않아

형사는 술을 마신다 홀짝

출근하면 책상 서랍에서 꺼낸 위스키를

탐문하러 간 술집에서는 작은 병맥주를

퇴근하고 푹 꺼진 더러운 소파에서

얼음이 짤랑이는 온더록스를

홀짝

들이킨다 나도 따라서

돌아보면

처음부터 꼬여 버린 사건처럼

뒤죽박죽이 되어 버린 사건 일지처럼

아주 잘못된 일, 잘못 꿰어진 단추

백열등 하나를 켜놓고

수북이 쌓인 증거 자료들을 뒤적이다 보면

알 수 없지 누가 시작했고 누가 잘못했는지

톰은 마이클을 죽이고 마이클은 레이를 죽이고

레이는 톰을 죽이지

우리는 서로 총질을 한다 탕 탕탕

내가 쓰러지는 걸 보니 네가 빨랐구나

넌 뭘 사용했니

45구경이라니 그렇게 미웠니

내가 안주머니에서 빠르게 꺼낸 건
엄지와 검지
탕, 총을 쏘는 시늉을 하며 윙크를 한 후
붉게 물드는 셔츠를 내려다본다
안녕

하지만 드라마는 끝나지 않는다
구급차에서 수술대에서 형사는 자꾸만 살아난다
아직 맛보지 못한 고통이 있다고
더 혼나야 할 일들이 있다고
만족할 줄 모르는 시청자들이 납득할 때까지
다시 눈을 뜬다
아직도 여기에 있다니 어디서부터 잘못된 거지?
지옥 밑엔 늘 더한 진창이 기다리지
부모한테 물려받은
날개 같은 게 없다면 우리가 갈 수 있는 곳은
더 밑바닥뿐 아니겠어? 당연하게도

주인공도 시청자도 눈치채지 못하도록 느닷없이

범인은 총구를 겨눈다
넌 전편에서 죽지 않았니?
난 다른 고통이야 친구
Who are you?
I'm you, baby.

이젠 진짜 끝이라고 중얼거리며
불행을 모르는 작가는 다시 쓰기 시작한다

° 미국 형사물 드라마.

사건의 지평선°

너의 위로 떨어질 때 반대편으로 충분한 속력을 낼 수 있다면 돌아보지 않을 자신이 있다면 울면서 뛰어갈 수 있다면 만족할 만한 속도는 아니더라도 천천히 되돌아올 수 있다 긴 나선을 그리며 오랜 시간에 걸쳐 하지만

내가 너의 위로 떨어질 때 반대편으로 충분한 속력을 낼 수 없다면 충분히 속도를 내도 지나침으로 경계를 넘어섰다면 나도 모르게 발걸음이 느려져 잠시 고개를 돌렸다면 마음의 질량이 충분히 밀집되어 중력의 붕괴가 일어난다면 세상에서 가장 빠른 발을 얻었다 할지라도 튼튼한 날개를 얻었다 할지라도 너를 잊고자 할지라도 외부의 관찰자에게는 속도가 느려져 그 경계에 영원히 닿지 않는 것처럼 보이지만

일반 상대성 이론에 따르면 마음의 질량이 일정한 한계를 넘으면 모든 질량이 무한히 작은 한 점에 집중될 때까지 붕괴를 계속한다 이 점을 너라고 부른다

너에게로 떨어진 물질은 모두 부서져 그 특이점에 보태질 것인데 알고 있니

나는 강력한 비균일 중력장에서 가로로는 늘어나고 세로로는 눌리어 길고 가느다란 모양이 될 것인데

경계 안에서는 모든 사건이 일어남과 동시에 사라진다
더군 밖으로는 아무것도 나가지 못한다더군 그건 일곱 개
의 컵 칼과 저울 검 시종의 운명 머리 위에서 거대한 쇠공
하나가 천천히 흔들린다 검은 윤기가 나는 공 검은 줄을
끊는다 불투명한 투명 불면 베토벤의 Op.133 대푸가°° 차
갑고 균일한 점들이 모여 커다란 원이 되고 커다란 원이
모여 커다란 쇠공이 되고 다시 쇠공 안에서 차가운 점들
이 점들을 빨아들여 하나의 홀을 이룰 때

　시간이 몸을 비틀며 맨홀 속으로 사라지듯이

　구르는 모래가 빗물에 휩쓸려 검은 관 속을 여행하듯이

　시간의 점들 속에서 내가 물결친다

　눈을 감고 누워 발밑이 허물어지듯 닿는다

° 어떤 지점에서 일어난 사건이 어느 영역 바깥쪽에 있는 관측자에게 아
무리 오랜 시간이 걸려도 아무런 영향을 미치지 못할 때, 그 시공간의 영
역의 경계를 사건의 지평선이라고 부른다. 사건 지평선의 가장 흔한 예는
블랙홀 주위의 사건 지평선이다. 외부에서는 물질이나 빛이 자유롭게 안
쪽으로 들어갈 수 있지만, 내부에서는 블랙홀의 중력에 대한 탈출속도가
빛의 속도보다 커지므로 원래 있던 곳으로 다시 되돌아갈 수 없게 된다.
°° 베토벤이 완전히 청각을 상실한 1825~1826년에 작곡되었다.

휴양지

꿈속에서 연인의 애인을 만났습니다

앳된 얼굴을 찬찬히 살피며

부끄럽고 쓸쓸하게 연인의 안부를 물었습니다

내가 보호하던 사람이 잡히면

오래 생각나요

세세한 이야기들

고향이 어딘지, 삼촌의 이름이나 고양이

잘 먹던 음식 같은 것

누구나 자신의 삶을 정당화할 자격이 있지요

다만 상대를 매도하는 방식은 안 돼

연인의 애인은 닦던 총기를 내려놓으며 말합니다

탁자 위에 가지런히 세워 둔 총알은

하나 둘 셋

당신이 더 나빴다면

어찌 되었건 저와 견해가 많이 다르시군요

나는 고개를 떨어뜨리고 말했습니다

살아가면서 고개를 들지 못하는 일을 많이 겪었습니다

생각만 해도 살이 타는 것 같지요

그래서 자주 잊어요

멀리서도 듣지 못하는 다정한 말이

갚을 수 없는 불행이

저녁 모퉁이마다 마주쳐

당신의 얼굴에 묻은 불행을 보고

내 얼굴을 문지릅니다

몇 번씩 확인을 하고도 믿기지 않는 죄목을

어찌 세세히 기억하겠습니까

죽거나 죽겠거나 죽을 거거나

무슨 큰 차이가 있겠습니까

탁자 밑의 페달을 밟으니

방 한쪽 구석이 모두 무너지고 연인의 애인은 보이지
않습니다

나는 의자를 고쳐 앉으며

무너져 내린 벽 너머로 멀리 파도치는 바다를 오래 넘
겨다보았습니다

벨크로

― 페이건드라카에게

스파이에게 기도가 있다면

그건 이교도를 위함일 것입니다

당신의 충실을 알아요 배반까지도

당신은 손을 옆구리에 넣어 보지 않는군요

맞아요

우리는 의심을 키워 사랑받는 방식에

동의할 수 없어요

타고난 종자가 그렇습니다

혈통이란 말로 담지 못할

종자의 천박이 우리의 이니셜입니다

그래서 제겐

검은 새가 새겨진 피부가 있습니다

검은 깃털이 안으로 자라

염통을 찌르는군요

당신의 믿음도

내부를 겨냥해 염치를 찌르나요

치욕을 먹으며 집착은 토실토실 살이 찌는군요

오해할수록 망쳐 버리고 싶지

오래할수록 망가지고 싶지
기뻐할수록 실망시키고
실망의 표정을 다시 사랑하고 싶지
이런 나를 너는 버리고 싶지
네가 버릴 때까지
나는 기다리고 싶지

사랑은 오래 참고 사랑은 오래 참고
사랑은 오래 참아 지루한 너의 사랑

줄 수 있는 걸 네게 줄게
생각해 봤을 때 좋았던 게 있다면
그걸로 됐어

맹세하겠어요
헌신짝같이
쇳물에 손을 넣겠어요
버려지도록

이교도에게 기도가 있다면
그건 까마귀를 위함일 것입니다
나의 충실을 아나요
비늘과 깃털은 근친하나요
까마귀는 물가엔 얼씬도 않아요
배반의 땅에서 혼자 서려고 할 때
어깨 위에 까마귀가 있을 겁니다

남은 아이

계단에서 노는 두 아이는 서로의 집을 몰라

계단은 풀이 무성해 곧 헐릴 커다란 건물 옆 계단

매일 계단에서 만나서 노는 두 아이가 있어

한 아이는 늘 죽음을 두려워해

그리고 한 아이는 죽고 싶어 하지

죽고 싶은 아이는 죽음을 두려워하는 아이에게 말해

내가 죽어서 귀신이 되면

네가 죽어서 귀신이 될 때까지 기다렸다가

같이 토성의 고리를 보러 가자

사막이나 아주 깊은 바다의 구멍을 보러 가자

죽음을 두려워하는 아이는

그날 이후로 무서움이 사라졌다고 해

하지만 금세 사는 게 무서워졌지

다른 아이는 살아서 귀신이 되는 게 무언지 알고 있지

아이들은 자라고 계단은 끝없이 풀로 덮여

아이들은 계단에서 서로에게 약속하듯

풀을 쓰러뜨려 작은 돌멩이로 눌러두었어

한 아이가 몇 년이 지나서 그곳에 왔는데

누가 차버린 듯 돌이 저만치 날아가 있었어

풀들이 더 억세게 자라서
돌을 들어 올릴 때 와서 보자고 했는데
돌이 그대로 있지 않아서 매번 돌을 가져와서 풀을 눌
러두었대
다른 아이는 오지 않는 아이를 기다리며 돌을 발로 차
버렸지
그리고 돌아오지 않았어
몇 번은 풀들이 돌을 들어 올렸을 수도 있지
그 돌은 시간이 지나도 알아볼 수 있어 어떤 돌은 그래
큰 건물은 접근 금지선이 쳐져 있지만
여전히 철거되지 않고 방치되어 있었대
아이는
다른 아이가 쇠말뚝에 감긴 두꺼운 쇠사슬을 전신을 다
해 당기던 일을 기억해
그걸 끊고 싶다고 말하면서 자꾸 매달렸고
아이는 다른 아이가 왜 그러는지 알지 못했어
아이는 매해 열심히 계단을 다녀갔지만
그 후론 한 번도 만나지 못했대

이 이야기를 너에게 주고 싶었어

플레이리스트

그 사람을 알려거든 그의 차림새를 봐라

옷이 날개다 ― 옷 가게 직원

니 하고 다니는 꼬락서니가 ― 박희숙 할머니

그 사람이 어떤 사람인지 알려면 그의 친구들을 보라

― 공자

그 누구냐? 대가리 꼴 하고…… 친구를 잘 사귀어야 하는 거야 ― 조의관°

음악은 국가가 허락한 유일한 마약 ― 싸이월드

그 사람이 어떤 사람인지 알려거든 플레이리스트를 봐라 ― 트위터

° 염상섭 소설 「삼대」 등장인물.

4부

그걸 사랑이라고 착각해서

4년 3개월 21일

그래서

너는 이제 답을 찾았는지 궁금해

네가 말하는 대로는

아무래도 난 되지가 않나 봐

그러니까 반쯤 감은

실금 같은 눈으로 지켜봐 줘

새어 나오는 빛으로

멈출 수 없어서 과오의 반죽 위로 엎드러진대도

떼어내 줄래? 구해 줄래?

네가 새장을 주고 갔잖아

새는 없었잖아

텅 빈

새장에서 새가 자란다

내 망상이잖아 네가 심어 주고 갔잖아

네가 줄래 조금씩만

내 망상에 모이를 줘

조금씩

새장에서
사고가 막힌 철망 안에서
네가 그랬지
난 병이 있다고
난 말했지
너도 나의 망상이라고
너는 나의 종신이라고

여름 불시착

매번 사랑인 줄 알고 옷도 못 입고 뛰어나갔다
고통에 일그러져 환한 얼굴
땅을 딛기 위해 멀리 떨어져 내린다
얼굴을 처박고 살이 벌어져
속이 다 드러나도록 랜딩한다
기억은 남에게 보이지 않은 문신처럼 파고들지

창밖에서 안을 들여다본다
노란 불빛 속에서

찰칵
랜딩이 금방 끝날 것이라는 나의
착각
여전히 랜딩 중인 비극
찰칵
바퀴가 땅에 닿는 순간 승객들은 안심을 하지만
끝나지 않는 랜딩은 추락이나 다름없지
좌르륵 좌르륵 자루에서 깨가 쏟아지듯
바퀴가 닿을 때마다 승객들은 박수를 친다

>

희망하고 싶어 하지 않는 이들에게
그래도 여기 앉아 보세요 쿠키를 구워 주는
사람, 아니 사랑, 아니 아니
그러고 싶지 않다고 도리질을 하며
뒷걸음질 속에 숨는다
가지고 싶을수록 미워지고
둘러앉고 싶어서 도망친다 금세 날 미워하게 될 거야
따뜻하면 따뜻할수록 싫어하게 될 거야
하지만 끝장을 보게 되는 말들
몇 번이고 떨어질 수 있다
똑같은 결과보다 무서운 게 똑같은 과정이지만
몇 번이고 다시 곱씹을 결별

해야 할 일을 모두 마치고 나면
도무지 마음이 남아 있지 않아

사랑이 아니라고 생각하면 견딜 수 없어 금세 사랑이라
고 말하지

이미 부서진 것들은 망가지는 것을 두려워하지 않아

어찌할 길 없는 사람들이 어찌할 수 없는 일로
어찌지 못하게 되는 이야기를 사랑해

나는
추방도 당했고 추락도 했다
빛을 쬐다 떨어지면 나락에서도
희망의 부산물들은 오래도록 옷에서 묻어 나왔다

스파링

마음은 부지런하여 쉴 틈이 없습니다

바람이 불면 친구의 깃발이 나부끼는 것을 걱정합니다
바람의 손목이 골목을 돌아 찢기기 쉬운 귀퉁이를 붙잡고
매달립니다 돌담이 이어지던 언덕길을 바람이 불면 떠올
립니다 친구가 나를 친구라고 불렀습니다

마음엔 색깔이 있습니다 적절한 색을 고르지 못해 떠난
친구가 있습니다 다른 색을 칠한 내가 잘못했습니다

마음이 출렁일 때는 가슴 한가운데를 두드렸습니다 안
이 텅 빈 듯 소리가 울렸습니다 안이 비었는데 마음이 넘
치는 이유는 뭘까요 처음 복싱을 배울 때 그게 좋았습
니다 마음을 덜어 내는 기분이 들었다고 할까요 두 손을
반복해서 내는 것은 때리기 위함이 아니라 밀어내는 두려
움이라고 할까요 허공에서 무엇이 오는 듯 고개를 숙이고
몸을 돌리고 다시 밀어냅니다 혼자 할 수 있어서 좋았습
니다

마음이 쉬지 않습니다 비가 오거나 바람이

불면 잠이 오지 않는 밤이거나 쇠공이 흔들리는 방 안
이거나 무언가 무너지는 기슭입니다 발끝으로 뛰며 몸을
돌려도 여지없이 무릎이 꺾인 기억입니다 허공에서 다가

오는 손을 피하지 않고 눈을 감아도 닿지 않는 밤이 그렇
게 무섭습니다

　공이 울리나요 당신은 일어섰습니까 나는 가슴 위로 두
손을 올려 단단히 잠근 모양새로 당신을 기다립니다

　손을 내세요 허공에 바람을 가르는 시간이

　오래도록 함께이길 빕니다 무언가 닿았다고 생각되면
눈을 감겠습니다

블라인딩°

당신은 더 할 말이 없다고 생각합니다

양파를 썰어 보십시오
더 나을 것도 없이 이어지면 이야기라 부르고요

맵거나
달지요

맛은 믿음과 상관이 없고
믿음 없이도 살아가면 사람이라 하자고요

사과를 꺼내기 어려워
눈을 가리며
깨물고 맙니다
당신은 어디에 집중하셨습니까

맵거나
달지요

우리가 늘 그래왔듯이

우리의 기도는 늘 발치에 떨어지고
서툰 결심처럼 맺혀서
믿음의 반대편으로 배어 나오는
불행에 혀를 가져다 댑니다

무슨
할 말이 있겠습니까
물러질 때까지 쥐고 있겠다는 이야기를
전해 주세요

° 이 시는 트위터 친구이자 동료 시인인 페이건드라카의 제안으로 쓰였다. 페이건은 이 시의 절반가량을 써서 트위터 타임라인에 올리며 마저 완성할 사람을 찾았고 내가 그에 부응해 시의 나머지 부분을 완성했다. 이 시의 절반과 시의 제목은 페이건드라카가 썼다. 우리는 기뻐했다.

잡아 두다

거봐, 날아가잖아
잡을 수 없잖아
마르코는 통유리 밖으로 보이는 한 남자를 지켜보다가
소리쳤다
코트를 입은 남자는
도로 위에 낱장으로 흩어지는 흰 종이들을 잡으려고
허리를 수그리고 허둥지둥 손을 놀리고 있다
내가 불행하지 않아 불행하다면
흰 종이들은 그가 붙잡은 한두 장을 제외하고는
모두 전력으로 도로를 구르고 있다

*한 장

철거되어
반쯤 허물어진 서점 앞에
너는 앉아 있었어
책들이 미련처럼 쏟아져 내려
마구잡이로 갈피를 드러내고 있었지
가리려는 생각도 없이 네 앞에서

바닥에 흩어진 기대를 그러모을 엄두도 없이
펼쳐진 나를 집어 들고서
허겁지겁 읽어 내려가던 시간으로 돌아간다면 나도
그때처럼 책장을 기울일 수 있을까
이 책 저 책을 집어 들며 어린아이처럼 웃을까
다시 세우려 할까 책 더미에 앉아

*두 장

마음을 공처럼 주고받으며
웃는다
정확히 너에게 포획되는 기분과
내 손에 깃드는 기쁨
이제 안심이야
장갑을 끼지 않고도 상처받지 않는 낙하

*잡지

때로 치기도 하지

지치기도 하지
당신이 원한다면 내 잘못이에요
원하지 않았다면 거기엔 누가 서 있나요
원망할 수도 없이 지키나요
내내 남아 있나요 여기에만

*못한

떨어질 땐
바닥을 빠르게 마주하게 되지만
현재를 최악이라고 생각하는 게 낙관이야
바닥엔 언제나 그 밑이 있으니까
의문을 펼쳐서 푸른 잔디처럼 가꾸렴
무성하게 슬퍼도 쳐내지 말렴
즐거울 때는 즐겁고 슬플 때는 슬프려구요
마음도 입도 꿰매고 싶어
당신이 공을 던지고 싶을 때
문을 열어 두고
길게 던져지던 여름

불꽃놀이

약속하지 않는 손가락을 쥐어 본다
내가 누르지 않아도 당신은 다채롭다
내가 놓지 않아도 당신은 자유롭다
박수 소리가 큰데
높은 곳에서 낙하도 없이 슬프다면
그럴 거면 그럴만하면 그럴수록
한번 해보자는 식으로 사랑을 너는 하고
떨리는 목소리도 없이 거절을 하고 돌아서는 길
당신은 가요
나는 혼자 내버려둬요 버려, 둬요
자유란 그런 거지 누구의 것도 아니게 되지만
아무도 내 것이 아니게 되는 것
뜨거운 줄 모르고 아름답거나
아름다운 줄 모르고 흘려보낸 시절이
폭죽처럼 터지다
아무렇게나 내팽개쳐지는 것

늦여름에 도착한 편지

너의 편지를 받고 쓰어 있는 대로
플레이리스트를 만들어 음악을 듣고 있어
너는 홀가분해 보이는 말투와 다르게
글자 하나 하나에 무거움을 담아
그날의 해변의 밤과 영원과
온전히 내 것으로 만드는 것
그리고 내 손아귀에서 부서지는 것
그리고 답답함 답답함 답답함에 대해
길게 이야기했지
홀가분하다고 여러 번 이야기하면서
하지만 왜 이래야만 하는지
너무 답답하다고
그날은 해변에서의 밤은
머리카락이 모두 날리고
손에 쥔 불꽃놀이 불놀이 꽃놀이
놀이가 분명한데도 자꾸만 눈물이 나오고
너는 저 끝까지 뛰어가며 손을 마구 돌렸지
마치 그럴 줄 알았다는 듯이 나를 남기고
힘껏 뛰어갔지

분명히
사랑했는데

가져가지 않은 날

내 몸에서 네가 천천히 빠져나간다
흔한 마찰도 없이

불꽃이 떨어지는 철판에 누워
오래도록 사랑을 했다
여긴 마치 우주 같구나
어두운 바다 한가운데 표류하는
강철 뗏목이야 우주의 작은 점 위의 잠
나는 얘기하고 또 얘기했다
네가 찡그릴 때까지
우주든 바다든 지나치게 넓어
한번 손을 놓치면
다시 찾기가 어려워

온몸의 비늘을 반대 방향으로 바짝 세운다
반짝이는 비늘 몇 개를 몸에 붙인 채
너는 몸을 일으킨다

너는 병들고 나는 물들어

네가 혼자 나았을 때

나는 마구 칠한 앞섶이 지워지지 않았다

넌 다른 빛으로 반짝여

하얀 광목천이 펄럭이는데

허락한 거짓말이 불안으로 춤추는 바람에

나는 울지도 못하고 곧이곧대로 믿고 말았다

조개껍질을 모으던 아이가

싫증처럼

자신의 상자를 공터에 쏟아 버린 날

흔들리고 흔들리고 또 흔들리는 뗏목은

자신이 나무가 아니라 쇳덩이라는 것을 깨닫고

떠다니던 기쁨도 잊은 채 천천히 가라앉는다

착각처럼

따뜻한 위안이 있을까

사람들이 밟고 지나갈 때마다

작고 착하게 착착 부서지는 흰 가루

해에게

여름이 이제 끝나려나 봐
오후의 더운 열기 속에서도 공기 중에 묻은
차가움이 느껴져
조용히 먼저 와본 가을의 앞머리가
볼에 닿는 느낌이야
네가 기울였니?
가만히 들여다보면 커다란 눈망울에 하늘이 다 비쳐서
그리고 그 하늘이 가만히 흔들려서
나도 모르게 고개를 들고 크게 웃었어
표정을 감추듯이 말야

여름을 좋아한다고
몇 번을 말했지
내 것을 자랑하듯 여름을 꺼내 보이곤
여름 아이가 된 듯이 으쓱해진 기분으로
가방을 돌리며 먼저 뛰어가면
너는 그런 나를 지켜보며
선선이 따라와 주었지 아주 멀어지지 않게
가끔 걸음을 재촉하며

손을 흔들어 주고
늘 잘 떠들고 서툴게 표현하는 나를
싫지 않은 눈빛으로 나무라던 네가
한 번은 아주 단단한 목소리로
우린 변하지 않을 거라고 똑똑히 얘기했을 때
나는 마음 언덕 위에 나무 한 그루를 심고
커다란 둥치에 그 말을 새겼어
성급한 내가 달려가다 넘어져
가방이 쏟아지고 노트며 필통이며 모두 흩어질 때
매일 아끼고 돌보던 그 볼펜을 잃어버리고도
한참을 몰랐던 마음을 그땐 이해할 수 없었는데
이제 와서 네가 없는 이 여름을 납득할 수 있게 되어서
그날의 기억을 되돌아보는 거야
그건 네가 선물했던 것이었는데도

어떻게 가을이 오겠어
가을이 오는 것을 아무렇지 않게
느끼겠어 여름이
이렇게 우리도 모르게 끝나 버리는 게

서러워서 울었어

성간매질

휴스턴에서 응답이 왔습니다
하지를 알리는 소식과 함께
길어지는 밤을 대비하라는 전송이었습니다

— 휴스턴, 들립니까?
— 들립니다 돌아오는 길에 전신을 받았습니다

고맙다는 말을 전송합니다
오늘 저는 많이 가라앉아 있습니다
어제 우연히 한 남자의 영상을 보았습니다
객석에 앉은 배우와 영화 관계자들에게
남자는 표정을 바꿔 가며 익살을 부립니다

늘 슬프다고 생각했었죠
그 사람은 슬퍼 보였습니다
심한 우울증을 앓고 있는 어머니에게
다양한 표정을 알려 줍니다
어머니는 고집이 센 아이여서
아무 표정이 없습니다

하여 자신이 웃음을 심하게 단련합니다
그래서 그런지 그의 연기는 늘 밝은 표정입니다
얼굴 근육 모두를 사용하여
맹렬히 웃고 있습니다

어제 이런저런 영상들을 찾아보다가
마음이 한없이 가라앉는 걸 느꼈습니다
그가 늘 웃고 다녔다고 생각하니
끝나지 않던 하지의 밤과 밤이 떠오릅니다
하지만 누구의 삶을 동정하거나 연민할 생각은 없습니다
그가 잘 지나치길 바랍니다 괘념치 말고
모두가 무표정한 지옥에서 홀로 웃으며 살아가지 않기를
무표정하게 바라봅니다

그리고 저도 부지런히 걸어야겠습니다
맹렬히 웃으면서 말입니다

친구로부터 편지를 받았습니다

휴스턴, 휴스턴,
우주를 유영하고 있는 밤에
짧고 길게 다시 짧고 길게
신호가 옵니다

휘트니 휴스턴의 노래를 다시 들어 보시길 권합니다
들을 때마다 갱신되는 슬픔이 있습니다
사람이 없는 텅 빈 극장에서 휘트니 휴스턴의 다큐멘터
리를 보던 밤

낮의 카운트다운이 시작되었다는 소식이 왔습니다
그 소식이 전신주의 전선을 지나갈 때
그 위에 앉아 있던 까마귀가 고개를 갸웃거립니다

관제소에서 오는 가느다란 전신만으로도
우주의 어둠에 잠긴 선체는 방향을 고쳐 잡습니다
houston, This is Roy. copy.

머무네

어깨 위에
낯선 접착제를 찾아 급하게 마음 붙이던
영원이라는 약속 없이 그저 한동안 만나요

허기진 당신이 나를 퍼먹을 때도
물린다고 상을 물릴 때도
나는 당신 이름 밑에 두려움 없이
내 이름을 적으며 연명하였지
지치면 누구나 자기 삶을 아무렇게나 대하지
그런 말이 나오지 원망하지 않아요

두 머리 뱀이 자신의 방향을 빼앗기지 않으려고 물어
죽인
또 다른 자기의 머리가 썩어서
스스로를 죽인다고 썩어 간다고
우린 누가 썩어 갈지 내기를 한다
누구에게든 충실한 것이 좋아
그걸 사랑이라고 착각해서 좋아 보여서
이곳저곳을 쏘다녔다

꼬리를 살랑살랑 흔드는 머리에 손을 얹고
이 개 같은 놈아 쓰다듬어 주는 손이 달아
모가지를 달아맬 때까지 썩은 내가 떨어져 나갈 때까지
마음에 들려고 애를 쓰며

머무네

겨울 편지

날이 매우 추워

독감이 유행이래 한번 걸리면 일주일을 아프다고 했어

로이는 전자식 자연 관찰소에 박제되어 있으니

가끔 만나 보러 가도 좋을 거야

다행이다 그치

고통도 수치도 망각하고 일그러진 표정 그대로

멈춰 있을 테니

시간을 탈각시킨 고통은 중심을 잘라 얇게 저며 낸

뇌의 단면처럼

아주 잠깐이자 영원일 테니까

플래시처럼 터지는 한순간의 고통이

영원의 기억 속에 끼얹어져

그걸 불러일으킨 존재를 쉼 없이 재생시키고 있을 거야

행복하게

그가 떠나기 전에

내게 메시지를 남겼는데

읽어 보지 않았어

타이레놀과 알코올은 함께 먹으면 안 된대

「Duo showdown」은 잘 읽었어

둘의 이야기가 계속되었으면 좋겠다

아주 세세한 것까지

그들은 어떤 옷을 입고 어떤 음식을 좋아하는지

무슨 일로 돈을 벌고 어디에 집을 얻었는지

사는 곳 근처에 차이니즈 레스토랑은 있는지

아직도 양장피를 좋아하는지

그 둘의 이야기와 우리의 맹세와

어릴 적 이야기까지 하나하나 생각하다 보면

아무도 흉내 낼 수 없는 하나의 세계가 완성되고

그러면 너는 거기 가서 너의 슬픔을 위해 울 수 있을 거야

전자식 자연 관찰소까지 찾아와

로이를 만나 줘서 고마워

아마 로이도 조금은 외롭지 않았을 거야

— This is Roy.

 I sent you a reply, over.

— I'll run to you, Roy······ over.

— This is Roy, copy.

럼주 상자

이원석
산문

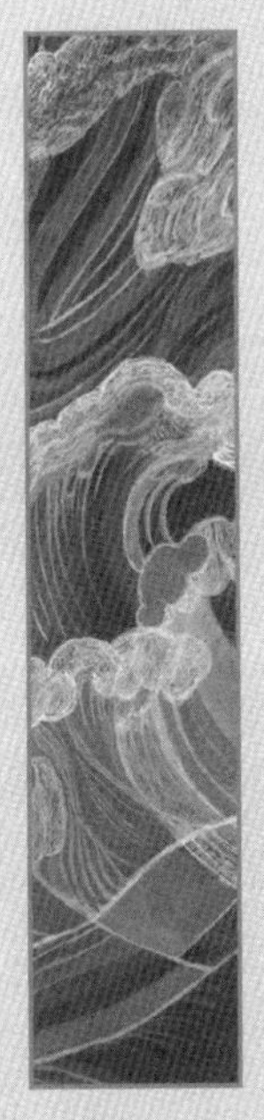

럼주 상자

다만 두 문장만으로 사람의 마음을 뒤흔들 수 있을까.

"사랑보다 더 큰 감정이 있어."

그저 위트 있는 답을 준비한 질문일 거라고 짐작하며 잠시 생각에 잠긴다.

사랑보다 커다란 감정이 있을까. 가슴 한가운데서 무언가 불타는 듯하고 내면이 붕괴되는 것 같은 감정을 느끼게 되는 사랑, 보다? 몇 날 며칠 밥을 안 먹어도 잠을 안 자도 아무렇지도 않을 감정, 울고 웃고 분노하고 좌절하고 기쁨과 환희로 치솟았다가 지옥같이 떨어져 비탄에 빠지게 하는 감정, 사랑보다 더 큰 감정이라는 것이 있을, 리가.

잠깐이지만 여러 감정들을 소환해 보고 기각했다. 사랑의 감정이 이기지 못할 그런 마음이 있을 리가 없었다. 하지만 다음 문장.

"그건 상실감이야."[1]

그래. 그럴 수밖에 없을 거야. 나는 문장 앞에 무릎을 꿇는다.

문장과 문장 사이의 대단한 반전이 있어서가 아니라 그 안에 진실이 있기 때문이다. 거부할 수 없는 진실, 그걸 마주했을 때 인간은 마음이 흔들린다.

시란 그런 것이 아닐까.

그런 것이 좋아서 시를 읽게 되었고 그런 것이 좋아서 시를 쓰게 되었고 시인이 되고 싶어 했다.

시인이 되고 싶었던 것은 그런 시를 쓰고 싶어서였다.

시계는 새벽 세 시를 가리킨다. 세계는 고요하다. 시간은 분절되지 않고 이어져 있다. 지금이란 감각은 물처럼 흐르는 시간 속에서 내가 붙잡고 싶어 하는 밤의 한가운데 있다. 매 순간 인생에서 가장 아끼고 붙잡고 싶어 했던 시간, 그 시간 속에서 가장 순정한 나로 존재했던 순간이 지금이다. 이런 밤은 매일 주어지지만 매번 잡을 수는 없고 내가 무언가에 사로잡히는 순간 간신히 붙잡을 수 있는 패닝 접시 위의 결정으로 존재한다. 그 결정을 내 운명의 접시 위에 남기기 위해 얼마나 많은 시간의 모래를 흘려보내야 했는지 생각해 본다.

결정은 기대처럼 빛나지 않고 혈관의 결석처럼 고통스럽다. 흐르지 않고 가장 아픈 곳을 찾아가 박힌다. 상처의

---

1 미국 드라마 <유포리아> 중에서.

위치를 전송한다. 무감의 반대편에서 손을 흔든다. 여기라고.

손은 통증을 찾아 누른다. 고통을 잠재우려고. 문지르고 만지고 토닥인다. 통증으로 얼굴이 일그러진 사람의 손을 따라가 보면 그 아래 상처가 있다. 잠들지 않는 고통은 다시 밤을 불러들인다. 생생하게 깨어 있기 위해 밤새 아물지 않는다.

슬픔을 슬픔이라고 이야기하는 것은 청승맞다. 슬픔은 청승이라는 꼬리표를 달고 초라하게 추락한다. 슬픔을 슬픔이라고 말할 수 없어서 시를 쓴다. 슬픔에 오래 노출되면 기쁨도 기쁨이라고 말할 수 없어진다. 말할 수 있는 게 줄어들수록 밤은 길어진다.

밤의 연원은 유구하다.

열네 살의 밤에서 시작된 책상 앞, 무구한 가슴에서 뭔가 억누를 수 없는 것들이 솟아 나와 글로 쓰지 않고는 견디지 못할 감정이 되어 내가 아는 모든 이에게 편지를 쓰고 싶어 했던 밤. 무수히 주고받았던 편지들. 연결되고 싶어 했고 공감하고 공감받고 싶어 했다. 감정은 이스트처럼 부풀어 올랐고 과장되게 표현되어 편지에 적혔다. 그 밤과 함께 떠오르는 것들. 뒷면이 영자 신문과 찰리 채플린의 실루엣으로 디자인된 편지지, 빗물에 젖지 않는 유성펜과 알아주길 바라던 눈물에 번지는 수성펜, 두 개의 방에서 나눠 자던 일곱 식구, 야쿠르트 배달을 하던 엄마의 고단, 난방 배관이 없어 데워지지 않던 좁은 마루, 손잡이를 돌려 심지를 올리면 파란 불꽃이 흔들리던 석유난로, 등을 기대고 편지를 쓰던 어두운 은색의 라디에이터.

중학생이었던 나는 너와 『다락방의 꽃들』을 바꿔 읽고 각자의 학교에서 이란성 쌍둥이라고 말하고 다녔다. 문을 잠그고 몇 시간씩 전화 통화를 했다. 밤에는 촛불을 켜고 교회에서 나누어 준 작은 밥상을 껴안고 앉아 사과즙을 짜내어 세필로 비밀 편지를 썼다. 쌍둥이는 떨어져 있어도 고통을 함께 느낄 수 있대. 다락방에서 빠져나가려면 어른이 되어야 해. 하지만 넌 늘 손발이 가늘고 키가 자라지 않는구나.

사랑은 유실될 수밖에 없다. 그와 함께 너도 유실된다.
세계를 밤과 너, 둘로 나누고 그중 하나에 내가 존재할 수밖에 없다.
잃어버린 것을 찾는 방법에는 두 가지가 있다. 가장 있을 법한 곳부터 찾아 나가는 방법과 가장 없을 법한 곳부터 찾는 방식이다. 나는 없을 법한 곳부터 찾는 사람이다. 있으리라 짐작되는 곳은 다른 모든 곳을 찾아본 후, 가장 나중에 찾는다. 왜냐하면 가장 있을 법한 곳부터 찾는다면 찾을 수 없음을 너무 빨리 알게 되기 때문이다. 세계를 밤과 너, 둘로 나누고 밤의 순찰을 시작한다. 모든 밤의 바

끝에 너는 있고 나는 내내 밤을 헤맨다.

　어릴 적 누구나 한번쯤은 읽어 보았던 해적이 나오는 이야기를 떠올린다. 다리 하나가 의족인 선장은 어깨에 앵무새를 얹고 또각 또각 걸어와서 내 어깨에 두툼한 손을 올린다. 너는 섬에 있구나. 여긴 모든 게 있지만 아무도 없는 섬이란다. 왜 여기에 있는 게냐. 너는 이곳을 좋아하는구나.

　돌아갈래? 여기 있을래? 알아. 여기가 좋긴 하지. 그냥 다 꺼버리고 불도 다 끄고 눈을 감으면 세상 모두가 잊어지잖아. 여기선 상처 줄 사람도 없고, 안전하지. 하지만 중요한 건 지금의, 너의 선택이야.[2]

　섬에서 나갈 방법을 알려 주마. 저기 동굴에 쌓여 있는 럼주를 마시고 빈 병에 편지를 써서 바다에 던지거라. 육지로 소식이 전해지면 사람들이 널 데리러 올 거야. 꿈꾼 순간을 잊지 않으려면 머리맡에 펜과 종이를 두고 자거라. 잠에서 깨면 빛을 보기 전에 눈을 감고 적어야 해. 잊지 마.

　나는 널빤지로 만든 럼주 상자를 뒤집어 책상을 만들고 매일 밤 편지를 쓴다. 램프의 불빛은 둥근 빛너울을 만들

---

2 영화 <그래비티>, 맷 코왈스키 대사 중에서.

어 동굴 벽에 그림자를 드리운다. 그림자는 매번 심하게 흔들린다.

럼주는 호박색으로 빛난다. 목구멍을 타고 뜨거운 것이 내려간다. 속이 홧홧하다. 오라질. 괜히 중얼거린다. 또 한 잔을 마시고 입가를 닦는다. 빨리 병을 비워야지, 오라질. 이젠 내가 띄우는 유리병 따위엔 관심이 없겠지. 럼주는 꼴깍꼴깍 넘어간다. 제법 술꾼 태가 나는구나.

지금도 그 책상 앞에 나는 앉아 있다.

타이피스트 시인선 **013**

밤의 공항

1판 1쇄	2026년 3월 25일
지은이	이원석
펴낸곳	타이피스트
펴낸이	박은정
편집	박은정
디자인	코끼리
출판등록	제2022-000083호
전자우편	typistpress22@gmail.com
ISBN	979-11-996573-1-1